Gröls Verlage

„BÜCHER SIND WIE FALLSCHIRME. SIE NÜTZEN UNS NICHTS, WENN WIR SIE NICHT ÖFFNEN."

Gröls Verlag

Redaktionelle Hinweise und Impressum

Das vorliegende Werk wurde zugunsten der Authentizität sehr zurückhaltend bearbeitet. So wurden etwa ursprüngliche Rechtschreibfehler *nicht* systematisch behoben, denn kleine Unvollkommenheiten machen das Buch – wie im Übrigen den Menschen – erst authentisch. Mitunter wurden jedoch zum Beispiel Absätze behutsam neu getrennt, um den Lesefluss zu erleichtern.

Um die Texte zu rekonstruieren, werden antiquarische Bücher von Lesegeräten gescannt und dann durch eine Software lesbar gemacht. Der so entstandene Text wird von Menschen gegengelesen und korrigiert – hierbei treten auch Fehler auf. Wenn Sie ebenfalls antiquarische Texte einreichen möchten, finden Sie weitere Informationen auf www.groels.de

Viel Freude bei der Lektüre wünscht Ihnen das Team des Gröls-Verlags.

Adressen

Verleger: Sophia Gröls, Im Borngrund 26, 61440 Oberursel

Externer Dienstleister für Distribution & Herstellung: BoD, In de Tarpen 42, 22848 Norderstedt

Unsere „Edition | Werke der Weltliteratur" hat den Anspruch, eine der größten und vollständigsten Sammlungen klassischer Literatur in deutscher Sprache zu sein. Nach und nach versammeln wir hier nicht nur die „üblichen Verdächtigen" von Goethe bis Schiller, sondern auch Kleinode der vergangenen Jahrhunderte, die – zu Unrecht – drohen, in Vergessenheit zu geraten. Wir kultivieren und kuratieren damit einen der wertvollsten Bereiche der abendländischen Kultur. Kleine Auswahl:

Francis Bacon • Neues Organon • **Balzac** • Glanz und Elend der Kurtisanen • **Joachim H. Campe** • Robinson der Jüngere • **Dante Alighieri** • Die Göttliche Komödie • **Daniel Defoe** • Robinson Crusoe • **Charles Dickens** • Oliver Twist • **Denis Diderot** • Jacques der Fatalist • **Fjodor Dostojewski** • Schuld und Sühne • **Arthur Conan Doyle** • Der Hund von Baskerville • **Marie von Ebner-Eschenbach** • Das Gemeindekind • **Elisabeth von Österreich** • Das Poetische Tagebuch • **Friedrich Engels** • Die Lage der arbeitenden Klasse • **Ludwig Feuerbach** • Das Wesen des Christentums • **Johann G. Fichte** • Reden an die deutsche Nation • **Fitzgerald** • Zärtlich ist die Nacht • **Flaubert** • Madame Bovary • **Gorch Fock** • Seefahrt ist not! • **Theodor Fontane** • Effi Briest • **Robert Musil** • Über die Dummheit • **Edgar Wallace** • Der Frosch mit der Maske • **Jakob Wassermann** • Der Fall Maurizius • **Oscar Wilde** • Das Bildnis des Dorian Grey • **Émile Zola** • Germinal • **Stefan Zweig** • Schachnovelle • **Hugo von Hofmannsthal** • Der Tor und der Tod • **Anton Tschechow** • Ein Heiratsantrag • **Arthur Schnitzler** • Reigen • **Friedrich Schiller** • Kabale und Liebe • **Nicolo Machiavelli** • Der Fürst • **Gotthold E. Lessing** • Nathan der Weise • **Augustinus** • Die Bekenntnisse des heiligen Augustinus • **Marcus Aurelius** • Selbstbetrachtungen • **Charles Baudelaire** • Die Blumen des Bösen • **Harriett Stowe** • Onkel Toms Hütte • **Walter Benjamin** • Deutsche Menschen • **Hugo Bettauer** • Die Stadt ohne Juden • **Lewis Caroll** • *und viele mehr….*

Magda Trott

Goldköpfchens Kinder: Ernas lustige Reise

Erzählung für junge Mädchen

Inhalt

Ein gutes Hausmütterchen

Die siebenjährige Erna Wendelin nahm den Kopf der Mutter zwischen ihre beiden kleinen Hände und sagte schmeichelnd: „Laß mich ruhig allein zu den Großeltern nach Dillstadt fahren, ich verlaufe mich wirklich nicht. – Mutti, du brauchst mir Fräulein Rettich nicht mitzugeben, laß sie lieber hier, bei den anderen kleinen Kindern. Ich fahre sooo gerne allein!"

Frau Bärbel Kirschner, die Mutter der Kleinen, strich dem Kinde zärtlich über das Blondhaar. „Nein, mein kleines Kerlchen, das geht nicht! Du mußt von Heidenau aus dreimal umsteigen, ehe du in Dillstadt angekommen bist."

„Mutti, der Vati macht sein Auto fertig und fährt mich bis Dresden. Das hat er im vorigen Jahre doch auch gemacht, als du mit den beiden Fipsen nach dem Pinzgau gefahren bist. – In Dresden setzt ihr mich in die Eisenbahn, und ich fahre los in die weite Welt. – Mutti, ich gehe nicht an die Tür, ganz gewiß nicht, ich gucke auch nicht weit zum Fenster raus. – Mutti, willst du mein Ehrenwort?"

„Dann steigt meine kleine Erna in einen falschen Zug und kommt nie nach Dillstadt. Der Opa, die Oma, Onkel Kuno und Tante Karla warten und warten, aber mein kleines Goldköpfchen kommt nicht an."

Erna lachte, ihre blauen Augen blitzten. „Das kleine Goldköpfchen! Hahaha! – Mutti, weißt du, du bist doch immer das große Goldköpfchen gewesen, alle Leute nennen dich so, auch der Onkel Forstrat sagt immer nur zu dir: Frau Goldköpfchen. Oh, und nun bin ich das kleine Goldköpfchen. Au, das ist aber schön! – Mutti-Goldköpfchen, du brauchst keine Angst zu haben, ich verlaufe mich nicht, ich weiß schon, was ich den Leuten in der Eisenbahn sage, wenn ich so'n bißchen ängstlich werde."

„Was wirst du ihnen dann sagen, kleine Erna?"

„Bitte schön, ihr lieben Leute, ich heiße Erna Wendelin und gehe seit einem Jahr und einigen Monaten in die Schule in Heidenau, ich bin jetzt auch die Tochter vom Doktor Kirschner in Heidenau, aber erst war ich die Tochter von meinem Väti, der ist jetzt tot. Zu Hause sind wir acht Kinder, und jetzt fahre ich zu meinem Großvater nach Dillstadt, der dort eine Apotheke hat. Bitte schön, ihr lieben Leute, sagt dem kleinen Mädchen, ob es im richtigen Zuge sitzt."

„Und dann glaubst du, die Leute werden dir alles sagen und dich zu dem richtigen Zuge führen, wenn du auf der Umsteigestation bist?"

Die kleine Erna lächelte süß. „Das machen sie schon, Mutti! Sie werden mir sogar die Tür aufmachen und sagen: ›Da du doch ein kleines Goldköpfchen bist, helfen wir dir.‹"

„Leute, die auf der Reise sind, haben wenig Zeit."

„Oh, Mutti, ich finde schon jemanden. Weißt du, ich suche mir so 'nen lieben alten Mann aus, denn alte Männer sind immer furchtbar nett. Mutti, ich gucke ihn recht artig an, sollst mal sehen, wie gerne mir der alte Mann dann hilft."

Bei diesen Worten machte Erna solche Schelmenaugen, daß Goldköpfchen lachen mußte.

„Fräulein Rettich wird sehr traurig sein, Erna. Fräulein Rettich will doch auch am Sonnabend in die Ferien gehen. Sie hat fast denselben Weg wie du und würde sehr gern einen Tag in Dillstadt sein."

„Da kann sie mich ja abholen. – Ach, liebe Mutti, laß mich doch ganz alleine fahren!"

„Ich glaube nicht, daß es der Vati erlaubt."

„Mutti, – wenn du es erlaubst, ist es doch erlaubt. – Den Vati kriege ich schon rum!"

„Und ich erlaube es nicht, kleine Erna. Du fährst am Sonnabend mit Fräulein Rettich nach Dillstadt und kannst dann die ganze Zeit allein mit den Großeltern, dem Onkel und der Tante sein."

„Ja, – da ist eben nichts zu machen", sagte Erna, die Achseln zuckend, „das ist schade, – sehr schade. – Ich wollte so gerne mal ein Fräulein sein, um das sich keiner kümmert. – Mutti, kannst du dir das nicht noch mal überlegen?“

„Ich glaube nicht, Erna.“

„Laß uns rasch mal nachdenken, Mutti. – Sieh mal, du bist doch eine sehr geplagte Hausfrau. Der Hermann, der dir immer so treu als der älteste von uns zur Seite steht, ist mit seinen Kameraden auf die Fahrt gegangen. Der Hermann hielt im Hause Ordnung. Ich auch! – Nun sind wir beide weg, und es wird 'ne tolle Unordnung sein. Wenn nun auch noch Fräulein Rettich fort ist? – – Ach, du arme Mutti, was wirst du für 'nen Ärger mit den vielen Bengeln und den Mädeln haben. Laß mal Fräulein Rettich noch hier. Wenn ich wiederkomme, kann sie auf Ferien gehen. Dann sind die Bengel nicht ohne Aufsicht.“

„Nein, nein, Erna, Fräulein Rettich freut sich darauf, daß sie am Sonnabend in die Ferien gehen kann.“

„Ach, Mutti, du hast sooo viele Kinder! Alles sind wilde Lümmel. Wie wirst du nur fertigwerden?“

„Die Hauptsache ist, daß meine kleine Erna in Dillstadt kein wilder Lümmel ist, sich artig beträgt und keinen Ärger macht.“

Erna legte den Kopf auf die Seite und schnippte mit dem Fingerchen. „Oh, – mit denen dort werde ich fein fertig! Also, Mutti, überlege dir noch mal, ob es nicht besser ist, wenn Fräulein Rettich noch so'n bißchen hierbleibt. – Der Stefan ist doch augenblicklich krank –“

„Nein, der Stefan ist wieder ganz gesund. Er hat zwei Tage lang brav seinen Pfefferminztee getrunken, nun ist der Magen wieder in Ordnung.“

„Brauchste den Pfefferminztee nicht mehr?“

„Nein, den brauche ich nicht mehr.“

„Oh – dabei haben wir noch 'ne große Tüte voll! – Vielleicht könntste ihm doch noch 'ne Tasse aufbrühen. Pfefferminztee ist immer gesund.“

„Stefan braucht den Tee nicht mehr. – Und jetzt mußt du mich hübsch in Ruhe lassen, kleine Erna, ich habe noch allerlei zu tun.“

„Na, ich hab' erst viel zu tun, Mutti. Wenn einer verreisen will, muß er überall noch kramen. Das hast du im vorigen Jahre auch so gemacht. – Ach, Mutti, ich werde abends ganz matt sein von all der Arbeit. Das Küchengeschirr meiner Puppen muß noch gescheuert werden, meinen Kühen und Schafen muß ich Futter geben, meine Kinder wollen versorgt werden, – ach ja, Mutti, ich muß auch laufen! Ich kann mich mit dir nicht länger unterhalten, ich habe noch schrecklich viel zu tun!"

Mit diesen Worten stürmte die Kleine aus dem Wohnzimmer. Goldköpfchen sah ihr lächelnd nach: „Ein liebes Mädelchen, das gibt mal ein prächtiges Hausmütterchen ab."

Erna begab sich schnurstracks in die Küche. „Gib mir mal den Atatopf runter, ich muß putzen."

„Was willst du denn putzen?"

„Mein Kochgeschirr, – alles muß blitzblank sein, wenn eine Hausfrau auf Reisen geht. – Gib mir mal den Topf her."

„Nimm einen Wollappen und scheure damit dein Puppengeschirr", sagte die Köchin.

Erna lachte: „Na, da würden meine Messingkessel schön dreckig aussehen und all das gute Aluminiumgeschirr und die kostbaren Silberlöffel. – Ida, mach erst keine Geschichten und gib mir das Zeug her."

„Ich werde ein wenig abschütten."

„Nein, nein, gib mir das Ganze! Ich bin doch kein kleines Kind. Gib her, – nun werde ich alles abscheuern, dann kriegst du den Topf wieder!"

Im Kinderzimmer ging es los mit der Arbeit. Der Puppenherd wurde hervorgeholt. Frau Leuschner, die dem emsig arbeitenden Kinde zusah, fand anfangs nichts zu tadeln. Erna arbeitete emsig, putzte an dem Blechgeschirr, beschaute es prüfend, rieb jeden Fleck sorgsam ab und stellte sich recht geschickt an. Fritz und Marlene kamen gelaufen, um zu helfen.

„Gut“, sagte Erna, „ihr seid jetzt meine Küchenmädchen. Poliert den Topf nach. Hier ist ein weiches Tuch.“ Damit zog sie aus der Schürzentasche das Taschentuch und reichte es der jüngeren Schwester.

„Aber, aber“, tadelte die Kinderfrau, „warte, ich hole ein Wolläppchen. Das Taschentuch ist doch nicht dazu da, die Töpfe abzutrocknen.“

„Ach was, das Taschentuch ist für alles“, meinte Fritz, „ich habe gestern im Taschentuch Regenwürmer gesammelt. Dann kam einer, da habe ich alles fix in die Hosentasche gesteckt, und auf einmal kamen die Biester aus meiner Tasche heraus.“

„So ein Biest, – so ein Biest“, rief Marlene, „was hast du denn da gemacht?“

„Nu' ich hab' alles wieder zurück in die Tasche gesteckt und später die Regenwürmer meinem Freunde geschenkt.“

Inzwischen hatte Frau Leuschner ein Wolläppchen gebracht. „So, ihr Küchenfeen, nun könnt ihr polieren.“

Marlene begann zu reiben, Fritz aber nahm den Topf mit dem Putzpulver. „Ich putze auch“, rief er. Im nächsten Augenblick lag das Putzpulver auf dem Puppenherd und auf den Kleidern der Schwestern. Fritz lachte und sprang auf. „Ich bin keine Küchenfee, ich bin ein starker Mann!“

„Du bist ein wilder Lümmel“, sagte Erna, „was hat man seine liebe Not mit den Lümmeln. – Was haste denn da gemacht, du Ferkel? Lauf, hol den Besen und kehre alles zusammen.“

Fritz lief aus dem Zimmer, – er kam nicht wieder. So ging Erna selbst nach der Besenkammer. „Da habe ich nun soviel zu tun, bis ich fortfahre, und der Bengel macht mir noch mehr zu schaffen.“

Auch beim Kehren zeigte sich die Geschicklichkeit des kleinen Mädchens. Erst wurde der Puppenherd gesäubert, dann das Putzpulver auf dem Fußboden zusammengekehrt und alles sauber zurück in den Topf getan.

„Ich möchte nur wissen", seufzte Erna, „wie die Mutti allein mit den Lümmeln fertigwerden wird."

„Nun, ich bin doch auch noch da", sagte Frau Leuschner.

„Ja, aber du bist doch schon eine alte Frau, liebe Frau Leuschner. Eine alte Frau kann die Kinder nicht mehr so fest an einem Zügel haben wie eine junge Frau."

„Da meinst du also, kleine Erna, du wirst mit deinen Brüdern und Schwestern besser fertig als ich?"

Erna überlegte einen Augenblick: „Du bist eine sehr gute Frau, Frau Leuschner, das wissen wir Kinder alle, und wir haben dich sehr gerne, aber – du bist doch schon sehr alt. – Na, laß nur, wenn ich wiederkomme, haue ich mir die Bengel zurecht. Schade, schade, daß der Hermann nicht da ist! Der ist doch wirklich der Mutti eine Stütze."

Frau Leuschner lachte gutmütig. Gewiß, das kleine Mädchen verstand es mitunter ausgezeichnet, die wilden Brüder und Schwestern zur Vernunft zu bringen. Erna bekam selten von Stefan oder Jürgen einen Rippenstoß, während Marlene häufig gepufft wurde. Vor Erna hatten alle einen ganz eigenartigen Respekt. Nahm sie den Brüdern etwas fort, was ihr nicht richtig dünkte, so schimpften sie wohl mächtig, ließen es sich aber gefallen.

Die Puppenküche war blitzblank. „So", sagte Erna, „nun kommt der Pferdestall und der Schafstall an die Reihe. Die lieben Tierchen wollen doch versorgt sein."

Auch in den Stallungen wurde gründlich Ordnung gemacht, alles sauber gekehrt, die Tiere mit dem Staubtuch abgewischt.

„Nun muß ich die Puppenkleider, die meine Kinder nicht brauchen, in die Mottenkiste legen, Frau Leuschner. – Haste Mottenkugeln?"

„Nein, die habe ich nicht."

„Ja, – was machen wir denn da? Ich will vier ganze Wochen fort bleiben. Inzwischen könnte allerlei in die Sachen meiner Puppenkinder gekommen sein. – Kannst du mir nicht so'n bißchen Geld geben, damit ich mir aus der Apotheke Mottenkugeln hole?“

„Ist nicht nötig, Erna, lege die Puppensachen schön ordentlich in deine kleine Kommode, dann ist alles gut.“

Erna warf Frau Leuschner einen mitleidigen Blick zu. Sie erinnerte sich deutlich daran, daß die Mutti jedes Frühjahr die Wintersachen verwahrte.

„Na, – will mal sehen, was ich mache“, sagte sie und begab sich abermals in die Küche, um dort etwas Geeignetes zu finden. In diesem Augenblick kam Doktor Kirschner aus dem Sprechzimmer.

„Erna, lauf mal schnell hinüber zur Apotheke und hole das, was hier auf diesem Zettel steht. Aber beeile dich!“

„Väti, das paßt aber gut! Gibst du mir auch Geld?“

„Ich weiß nicht, was es kosten wird, ich komme nach der Sprechstunde und bezahle es.“

Erna warf einen Blick auf das Rezept. Sie konnte natürlich nicht entziffern, was der Vater darauf geschrieben hatte. Rasch sagte sie zärtlich: „Weiß schon, Väti, was wieder los ist. Da sitzt jemand drin bei dir, der hat kein Geld, um sich selber was zu kaufen, und nun läßt du es schnell holen. – Ja, du bist ein guter Vati und ein mitleidsvoller Arzt. Aber so muß man sein, so was ist richtig. Ich freue mich sehr über dich!“

„Kleine Schmeichelkatze! – Doch nun lauf, es hat Eile!“

Doktor Kirschner war wieder ins Sprechzimmer gegangen. Einige Augenblicke überlegte Erna. Wenn den Puppensachen kein Schaden werden sollte, mußten sie eingemottet werden. Dazu brauchte man unbedingt Mottenkugeln. Die gab es in der Apotheke. Aber Geld hatte sie nicht. Sie wollte auch die Mutti um keins bitten, weil die Mutti gerade gestern gesagt hatte, daß sie in diesem Monat viel Geld ausgegeben habe und jetzt sparsam wirtschaften müsse.

Erna stützte das Kinn in die kleine Hand, wie sie das oftmals beim Vati gesehen hatte. „Was machen wir nur?“

Plötzlich fiel es ihr ein, daß die Mutti vorhin gemeint hatte, sie brauche die große Tüte mit dem Pfefferminztee nicht mehr, denn der Magen von Stefan sei wieder ganz gesund. Wenn man etwas nicht braucht, kann man es zurückgeben. Das hatte die Mutti schon manchmal getan.

„Jetzt weiß ich was", sagte Erna strahlend. Dann huschte sie ins Schlafzimmer der Brüder und nahm von einem Tischchen eine große Tüte, die den Pfefferminztee enthielt. „Dich brauchen wir nicht mehr", sagte sie, „aber Mottenkugeln brauche ich furchtbar nötig!"

In der Apotheke, die dem Kirschnerschen Hause gegenüberlag, waren mehrere Leute. Erna wußte, daß man der Reihe nach abgefertigt werden mußte. Der Vati hatte aber doch gemeint, es sei eilig. So trat sie langsam an den Tisch heran und ließ die blauen Augen keine Minute von dem Apotheker, sie legte den blondlockigen Kopf ein wenig auf die Seite und lächelte ihn an.

„Na, du kleiner Goldkopf", sagte der freundliche Apotheker, während er ein Medikament mischte.

„Ich bin noch nicht dran", sagte Erna, „aber wir haben es furchtbar eilig."

„Was möchtest du denn haben?"

Erna drehte sich nach den drei Wartenden um. „Vielleicht sind Sie so gut und warten noch ein Weilchen, bis ich abgefertigt bin, weil ich es doch so eilig habe, bitte schön!"

Die Anwesenden lachten. Dem artigen kleinen Mädchen konnte man wirklich nichts abschlagen.

„Also, was willst du haben?" fragte der Apotheker.

Erna reichte ihm das Rezept.

„Das kannst du gleich haben." Schon griff er nach einem Fläschchen und reichte es dem Kinde.

„Geld habe ich nicht, Onkel Apotheker, der Vati kommt nach der Sprechstunde her und bezahlt alles. – Und nun – möchte ich noch – noch Mottenkugeln."

„Wieviel dürfen sie kosten?"

Da reichte Erna dem Apotheker die Tüte mit dem Tee. „Wir brauchen das nicht mehr, dafür wollte ich jetzt Mottenkugeln haben. Der Stefan ist wieder gesund, und die Mutti hat gesagt, wir brauchen den Tee jetzt nicht mehr."

„Da schickt deine Mutti den Tee her? Und dafür willst du Mottenkugeln haben?"

„Sie braucht ihn nicht mehr. Was wir nicht brauchen, geben wir zurück."

Der Apotheker schüttelte verwundert den Kopf. Nun, er würde später die Sache mit Doktor Kirschner besprechen. Zunächst behielt er den Tee und händigte Erna in einer kleinen Tüte die gewünschten Mottenkugeln aus.

„Ich danke Ihnen viele Male", sagte das Kind und eilte hinaus.

Daheim angekommen, ging Erna sogleich wieder an die Arbeit. „Nanu, du hast ja doch Mottenkugeln", lachte Frau Leuschner, die den Eifer der Kleinen sah.

„Ja, ich wußte mir eben zu helfen", klang es zurück, „was sein muß, das muß sein, und Mottenkugeln brauchte ich."

Die Arbeit war gerade beendet, als Besuch gemeldet wurde. Ein Freudengeheul ertönte.

„Der Onkel Forstrat! Oh, der gute Alte!"

Forstrat Schmeling, ein alter Herr von achtzig Jahren, der die Kinder seit ihrer Geburt kannte, der Goldköpfchen in Freuden und Leid ein treuer Freund gewesen, kam häufig ins Kirschnersche Haus. Trotz seines hohen Alters war ihm der Kinderlärm nie zuviel, im Gegenteil, das frohe Spielen der Kinder schien ihn zu erfrischen. Er hatte niemals eigene Kinder gehabt, war aber ein großer Kinderfreund, und so hatte er sich die Herzen aller acht im Sturm erobert. Sein besonderer Liebling war Erna, in der er das Ebenbild der Mutter sah. Sehr häufig hatte er Bilder von Frau

Goldköpfchen gesehen, Bilder aus ihrer Kinderzeit. Erna glich diesen Bildern aufs Haar.

„Onkel Forstrat, lieber Onkel Forstrat, erzähle uns wieder Jägerlatein!“ Mit diesen Worten empfing ihn Stefan.

„Onkel Forstrat, hast du mir endlich einen Gemsbart mitgebracht?“ fragte Marlene.

„Onkel Forstrat, am Sonnabend fahre ich zu den Großeltern nach Dillstadt, dann siehst du mich lange Zeit nicht. – Wirst du sehr traurig sein?“

„Aber freilich, mein kleines Goldköpfchen!“

„Ich komm' ja wieder!“

„Und bringst mir was Schönes mit.“

„Ja, Onkel Forstrat, ich schenke dir einen Kuß.“

„Einen Kuß?“

„Ja“, sagte Erna ernsthaft, „ich weiß genau, Männer küssen gerne. Du freust dich doch auch, wenn ich dir einen Kuß gebe?“

Da hatte er das blauäugige Mädchen auch schon im Arm und gab ihm einen herzhaften Kuß auf die Stirn.

„Zum Abschied war das ein Kuß!“

„Onkel Forstrat, weißt du, meine Reise ist sehr lang. So ein bißchen Hunger werde ich unterwegs bekommen. Aber – wenn ich nach Dillstadt komme, schenkt mir mein Großpapa Schokolade, – die esse ich furchtbar gern.“

„Darum habe ich dir für die Reise eine Tafel mitgebracht, damit du unterwegs nicht zu hungern brauchst.“

Erna bedankte sich stürmisch. „Onkel Forstrat, ich habe noch was auf dem Herzen, aber – das kann ich dir nur sagen, wenn wir beide allein sind.“

„Quatsch“, rief Jürgen, „wenn der Onkel Forstrat herkommt, wollen wir ihn alle haben!“

„Ihr könnt mich haben, wenn Erna fort ist“, beschwichtigte der gütige alte Herr. „Jetzt hat mir Klein-Goldköpfchen vor der Reise etwas ganz Wichtiges zu melden, das muß ich anhören. Wo sollen wir also hingehen, damit wir allein sind?“

„Komm rüber ins Schlafzimmer. – Ach nein, da ist jetzt Frau Leuschner mit der kleinen Ulla. – Komm lieber in das feine blaue Zimmer, aber wisch dir vorher gut die Füße ab, weil dort ganz gute Teppiche liegen. Die müssen noch viele Jahre halten.“

Damit nahm Erna den Onkel Forstrat an der Hand und zog ihn ins Damenzimmer. Sie setzte sich auf einen der Sessel. „Bitte, Onkel Forstrat, nimm Platz, ich sitze bereits.“

„Danke sehr“, erwiderte lachend der Forstrat und machte Erna eine Verbeugung. „Was befiehlt das gnädige Fräulein?“

Wieder stützte Erna das Kinn mit der Hand. „Ich habe meine Sorgen, lieber Onkel Forstrat, ich fahre am Sonnabend fort, und der Hermann ist doch auch fort. Die Lümmel sind dann mit der Mutti und dem Vati allein. Der Vati hat den ganzen Tag über zu tun und kann sich um die Erziehung seiner Kinder wenig kümmern. Und nun fahre ich auch noch weg. Da ist also keiner mehr da, der aufpaßt.“

„Oh, da ist doch noch die gute Frau Leuschner.“

„Sie ist zu alt, die kann sich schlecht bücken, und die Bengel schmeißen doch alles runter. Ich hebe alles wieder ganz fix auf, aber der alten Frau Leuschner wird das doch sauer.“

„Frau Leuschner ist noch gar nicht so alt, sie ist beinahe fünfzehn Jahre jünger als ich.“

„Ach, sie sieht aber alt aus. – Lieber Onkel Forstrat, paß doch ein bißchen auf die Bengel auf und nimm auch der Mutti ein bißchen Arbeit weg. Wenn die Lümmel alles rumschmeißen, dann mache doch Ordnung. Ich könnte dann ganz froh nach Dillstadt fahren.“

„Da soll ich also hinter den Lümmeln herräumen?“

„Wie du sie erziehen willst, ist mir einerlei, aber du mußt ihnen Ordnung beibringen. Sonst hätte das der Hermann gemacht, aber der ist doch fort. Der Hermann ist ein großer Erzieher, der ist ein Vieh – – ein Vieh – – Jetzt weiß ich das Wort nicht mehr.“

„Aber Klein-Goldköpfchen, der Hermann ist doch kein Vieh!“

„Ach, das ist nichts Schlimmes, Onkel Forstrat. Das ist was Schönes, der Vati hat es gesagt, und der sagt nichts Schlimmes. Der Hermann ist ein Vieh, und dann kam noch was hintendran.“

„Vielleicht ein Philologe?“

„Nein, das war anders. Ich habe den Vati gefragt, und da hat er gesagt, der Hermann grübelt über alles nach, was los ist.“

„Also ein Philosoph.“

„Ja, – so war's! Und weil dieser Viehlosof jetzt nicht da ist, deswegen mußt du helfen. – Onkel Forstrat, machste das?“

„Wenn du mich schön bittest –“

Da sprang Erna vom Sessel herab, streichelte beide Hände des alten Herrn, legte den Kopf auf die Seite und schenkte, ihm ihren süßesten Blick. „Du wirst doch nicht nein sagen, lieber Onkel Forstrat?“

„Also abgemacht“, lachte der alte Herr, „ich passe auf die Bengel auf und räume hinter ihnen her. – Darf ich ihnen auch mal was verwinken, wenn sie unartig sind?“

„Aber feste, lieber Onkel Forstrat. Ohne ein strenges Wort und einen kräftigen Klaps geht es bei den Bengeln nicht. Die Erfahrung habe ich schon gemacht. – So, und nun wollen wir wieder rübergehen, sonst sind die anderen neidisch. – Komm!“

Ebenso rasch, wie Forstrat Schmeling ins Zimmer gezogen worden war, ebenso rasch wurde er wieder hinübergeholt. Dort saß er zwischen der Kinderschar, lachte und scherzte mit ihnen und freute sich an den frischen gesunden Kindern.

„Wenn Erna fort ist, fährt der Vater mit uns zu einem großen steinernen Tor und zu einem Wasserfall. Dann fahren wir in einem Kahn."

„Und zur Edmundsklamm!"

„Ätsch, das hast du nicht in Dillstadt", rief Stefan, „dort ist kein Wasserfall und auch kein Prebischtor."

„Das brauche ich dort nicht. Es ist sehr gut, daß der Väti euch auch was Schönes zeigt. Ich will nicht allein soviel Schönes haben. Jeder muß seine Freude bekommen."

„So ist es brav", lobte der Forstrat.

„Weißt du", sagte Erna und zog den alten Herrn am Ohr zu sich herum, „der Vati hat neulich gesagt, er zeigt mir auch mal den Wasserfall. Da warte ich eben noch ein bißchen und fahre erst nach Dillstadt."

„Was bringst du denn den Großeltern mit?"

„Der Opa kriegt ein Küßchen, das macht ihm Spaß, und für Onkel Kuno habe ich Kamillen gepflückt, die verkauft er und kriegt viel Geld dafür."

„Und die Großmama und Tante Karla?"

„Die Großmama kriegt einen Topfhandschuh, den habe ich selber gemacht, und Tante Karla kriegt ein Nadelkissen."

„Sehr brav!"

„Und der gute Baldrian, das ist doch der Hausdiener in der Apotheke, der hat immer soviel Spaß mit uns gemacht, der kriegt eine Zigarette."

„So – hast du die gekauft?"

„Nein, die schenkt mir mein Vätilein. Er sieht mich doch solange nicht, da schenkt er mir auch was."

Onkel Forstrat blieb bis zum Abendbrot bei den Kindern. Bevor er sich verabschiedete, stellten sich Goldköpfchen und Doktor Kirschner ein.

„Ich wollte mal wegen einer Tüte mit Pfefferminztee fragen", sagte der Vater. „Wer hat denn die in die Apotheke getragen und dafür Mottenkugeln eingetauscht?"

„Ich“, rief Erna, „Vati, gelt, da freust du dich aber, daß ich so 'ne sparsame Hausfrau bin. Wir brauchen den Tee jetzt nicht mehr, und der Apotheker kann ihn immer wieder verkaufen.“

„Hurra!“ schrie Stefan, „jetzt ist das alte Dreckzeug nicht mehr da! Erna, das hast du fein gemacht!“

„Hast du mich gefragt, Erna?“

„Nein, Muttilein, aber wir brauchen das Zeug doch nicht mehr, und was wir nicht brauchen, geben wir fort, denn einen fröhlichen Geber hat der liebe Gott lieb.“

Da ging Goldköpfchen rasch aus dem Zimmer, um das Lachen zu verbergen.

Opas Liebling

„Mein liebes Mädel, mein kleines Goldköpfchen, du wirst deiner Mutter, als sie noch ein Kind war, mit jedem Jahre ähnlicher. Sei mir herzlich willkommen in Dillstadt! Der Opa freut sich mächtig, daß er dich hier hat!“

„Opa, ich freue mich auch sehr. Ich bin hergekommen, um mich bei dir nützlich zu machen. Ich werde dir keine Last sein, damit du mit Freuden an meinen Besuch zurückdenkst.“

„Wer hat dir denn das gesagt?“

„Mein Vati. – Ich soll dir keine Last sein, und einen Besuch hat man nur dann gerne, wenn man mit Freuden an ihn zurückdenkt. – Oh, du wirst mit vielen Freuden an mich zurückdenken, lieber Opa, denn ich werde dir furchtbar viel helfen. – Du, Opa, ich kann nämlich allerlei; dem Onkel Kuno kann ich in der Apotheke auch schon beistehen, wenn er zuviel zu tun hat.“

„Und um den kleinen Harald wirst du dich auch kümmern?“

„Aber freilich, lieber Opa! – Das Kindchen von Tante Karla werde ich gut behüten und im Wagen spazierenfahren. – Weißt du, Opa, ich habe das Kind schon furchtbar lieb, weil es Harald heißt. Harald hat doch mein erstes Väterli geheißen, mein liebes Väterli, das fortsterben mußte, weil es sehr vielen anderen Menschen geholfen hat, damit sie nicht mit dem Wagen und den wilden Pferden umkippten."

Die Begrüßung der kleinen Erna in Dillstadt war von allen Seiten eine überaus herzliche gewesen. Apotheker Wagner und seine Frau, die in Erna das Ebenbild ihrer Tochter Bärbel sahen, schütteten ihre ganze Liebe auf das kleine Mädchen aus, das vom ersten Tage seines Hierseins den Namen „Klein-Goldköpfchen" bekam. Hatte Erna doch genau dieselben blonden Locken wie einst Bärbel, dieselben blauen Augen; nur daß diese Augen viel schelmischer und listiger in die Welt blickten als die ihrer Tochter Bärbel.

Onkel Kuno und Tante Karla waren ebenfalls von Klein-Goldköpfchen begeistert. Karla hatte das immer fröhliche Kind von jeher in ihr Herz geschlossen, schon damals, als sie noch bei Goldköpfchen in Heidenau im photographischen Atelier arbeitete. Dort war sie mit Bärbels Bruder Kuno bekanntgeworden, man hatte geheiratet und lebte nun in der glücklichsten Ehe. Seit sechs Monaten schrie im Schlafzimmer ein kleiner Knabe, dem man den Namen Harald gegeben hatte.

Fräulein Rettich, die Erna nach Dillstadt gebracht hatte, verblieb nur bis zum nächsten Morgen im Hause des Apothekers, dann fuhr sie heim zu ihren Angehörigen. Sie hatte gern den kleinen Umweg über Dillstadt gemacht, um Erna hier abzuliefern. Erna bekam am Abschiedsmorgen noch gutgemeinte Ermahnungen, dann brachte man Fräulein Rettich zur Bahn.

„So, – lieber Opa, nun sind wir wieder unter uns. – Weißt du, ich habe es nicht gerne, wenn man wie ein kleines Kind behandelt wird. Ich brauche nämlich keine Aufsicht mehr, wollte ganz allein herfahren, aber die Mutti hat es nicht erlaubt. – Na, nun ist die ja weg, und jetzt kann ich machen, was ich will."

„Nein, nein, Klein-Goldköpfchen, ein Kind muß sich immer fügen, es muß tun, was ihm die Erwachsenen raten."

„Ach, lieber guter Opa", sagte Erna und schaute ihn blinzelnd an, „du freust dich doch, wenn du das machen kannst – was ich gerne machen möchte. Du hast mich ja sooo lieb, darum sind wir beide auch gute Freunde."

„Das wollen wir immer bleiben."

„Sieh mal, lieber Opa, ich bin hier kein kleines Mädchen mehr, jetzt ist der Rettich fort, und ich schlafe ganz allein in einem Zimmer. In Heidenau muß ich mit dem Haufen anderer Kinder zusammenschlafen. Wer aber ganz allein ein Zimmer hat, – der ist eine Dame."

„Was bist du kleiner Schnack?"

„Nun – so ein Fräulein, – das eben schon alleine schlafen kann. – Ach, du lieber, lieber Opa, laß mir doch die Freude. Ich bin doch sooo glücklich, daß ich bei euch bin. Denke mal, keiner von dem anderen Haufen ist hier, – das wird ganz besonders schön sein. – Du hast doch keine kleinen Kinder mehr, aber meine Mutti hat 'ne Masse kleiner Kinder."

„Ich denke doch, das ist sehr schön, Klein-Goldköpfchen."

„Nu ja – in Heidenau ist es ja auch ganz schön, daß wir so 'ne Masse sind, aber hier – ist es auch sehr schön, daß ich für euch alle ganz allein bin."

„Der Harald ist doch auch da."

„Ach der", klang es geringschätzig, „mit dem kann man doch keine ernsten Gespräche führen. Mit dem kannst du keinen Gedanken austauschen, Opa. – Sieh mal, ich habe mir das so gedacht: Meine Mutti hat viel Liebes und viel Gutes in sich, das ist etwa so, als ob sie einen großen Topf hat, aus dem sie mit der Suppenkelle achtmal Suppe nimmt. Jedes Kind bekommt einen Teller voll. Ganz einerlei, ob es die Kinder vom Väti sind oder die Goldköpfchenkinder. Da kennt sie keinen Unterschied, denn sie ist doch keine Stiefmutter, wie der dumme Gottlieb Hilse mal gesagt hat."

„Da hast du ganz recht, Klein-Goldköpfchen, deine Mutti hat alle Kinder gleich lieb."

„Ja, das hat sie, – aber sie muß doch aus ihrer Liebe acht gleichgroße Haufen machen, und hier, bei euch, bin ich ganz allein. Da kannst du, wenn du auch acht Haufen machst, alle acht Haufen auf einen Haufen schmeißen, und ich kriege den ganzen großen Haufen Liebe von euch. – Opa, das stimmt doch?"

„Du bist ja merkwürdig weltklug!"

„Oh, lieber Opa", lachte Erna hell auf, „das bin ich, das hat mir schon mal einer gesagt, als ich mit der Zeitung auf der Bank saß."

„Was war das für eine Zeitung? Du kannst ja kaum lesen."

„Opa, hast du hier auch Zeitungen mit einem Kreuzworträtsel?"

„Willst du kleine Krabbe schon Kreuzworträtsel raten?"

Erna kniff erneut die Augen zusammen. „Opa, das macht Spaß! – Ach, Opa, du schenkst mir später eine Zeitung mit einem Kreuzworträtsel."

„Die kannst du gerne haben. Aber was willst du denn damit?"

„Ich will wieder weltklug sein, wie damals der Mann in Heidenau gesagt hat."

„Welcher Mann hat das gesagt?"

„Ich kenne ihn nicht, Opa, aber hübsch war er, ganz dünn und groß, und über den Schuhen hatte er noch solche weiße Dinger, die guckten unter den Hosenrändern vor. Oh, der war hübsch. Dann hat er gesagt, ich bin weltklug."

„Ein kleiner Affe bist du, weiter nichts."

„Na, laß nur, lieber Opa, – wenn du mir erst 'ne Zeitung mit 'nem Kreuzworträtsel schenkst, wirste schon was erleben."

„Klein-Goldköpfchen, mir wird schon ordentlich angst. Ich habe vor zwei Jahren im Sommer mit euch mancherlei erlebt."

„Ach ja, Opa, da hat der Teufel über der Garage gewohnt, und dann haben die Jungen mit dem Schlauch in die Fenster gespritzt. – Opa, komm doch und zeig' mir euer Haus und euren Garten und die Garage. Ich soll mich hier sehr umsehen, hat der Vati gesagt, ich soll die Augen gut offenhalten. Nur dann wird man klug. Opa, ich möchte gern einmal sehr klug sein."

„Dann wollen wir zunächst zur Oma gehen und sie fragen, ob sie mitkommt. Tante Karla wird keine Zeit haben, sie muß erst den kleinen Harald besorgen, und Onkel Kuno ist in der Apotheke."

„Na ja, wir wollen erst zur Oma gehen. – Weißt du, die Oma wird mit uns nicht so herumkriechen können, weil sie doch wacklige Beine hat. Und ich möchte mit dir gern wieder auf den schaurigen Boden gehen, mit dem langen Gang, wo es bei jedem Schritt knistert und knastert, und dann in den großen Keller zu den vielen Flaschen. – Opa, ist der Baldrian noch immer bei dir?"

„Mein guter Hausdiener, der Adrian? Ja, der ist noch hier, den wirst du gleich sehen, wenn wir durch den Hof gehen."

„Au fein, Opa, der Baldrian hat mich sehr gern. Ich habe auch Zigaretten für ihn. – Weißt du, die habe ich dem Vati abgeschwatzt. Ich werde ihm aber nicht gleich die ganze Schachtel geben, er kriegt immer nur eine, denn wenn ich mal was von ihm will, und ich gebe ihm nichts, dann will er auch nicht. Wenn ich ihm dann aber sage: ›Du, Baldrian, du kriegst auch eine Zigarette‹, dann macht er alles, was ich will."

„So, meinst du? – Erst macht der Opa alles, was du willst, und nun soll es der Adrian auch tun."

„Ja, lieber Opa", sagte Erna im Flüstertone, „ich kenne doch die Männer. Sieh mal her, dann mache ich sooo." Dabei legte Erna das Köpfchen zur Seite, kniff die Augen ein wenig zu und lächelte.

„Und ich mache so“, erwiderte der Großvater und versetzte der Kleinen einen sanften Nasenstüber.

„Hahaha, es tat nicht weh“, lachte die Kleine, „Opa, das war doch nur 'ne Liebkosung.“

„Kleiner Racker! So gerissen war mein Goldköpfchen nicht!“

„Opa, ich bin ja auch weltklug.“

„Na, na, Erna – –“

„Opa, sag doch lieber wieder Klein-Goldköpfchen, das höre ich furchtbar gern, das klingt so angenehm in den Ohren. – Bitte, lieber Opa, sag Klein-Goldköpfchen, auch dann, wenn du deine Bekannten hier hast. Du hast doch sicher furchtbar viele Bekannte? – Opa, es wäre mir sehr lieb, wenn ich die auch kennenlernte. Ich habe es gern, wenn viele Leute da sind.“

„Schau, schau, – aus dir kann noch was Nettes werden! Aber nun komm, jetzt wollen wir durch das ganze Haus, durch den Hof und den Garten gehen. Doch erst suchen wir die Oma, die wahrscheinlich in der Küche sein wird.“

„Und dann gehen wir in die Apotheke. Das macht furchtbar viel Spaß.“

„Nein, jetzt besichtigen wir erst den Hof und den Garten. Onkel Kuno hat heute sehr viel zu tun, den dürfen wir jetzt nicht stören.“

„Aber morgen dürfen wir ihn stören?“

„Ja, morgen geht es.“

Zunächst wurde die Großmama besucht, die in der Küche war und Vorbereitungen für das Mittagessen traf. In einer Schüssel standen Johannisbeeren, die für eine Speise verwendet werden sollten.

„Oh“, sagte Erna, „Johannisbeeren sind meine ganze Freude.“

„Wenn du in den Garten gehst, sind genug an den Sträuchern“, lachte die Großmama, „hier wird nicht genascht.“

„Ich pflücke dir welche ab", flüsterte der Opa der kleinen Erna zu, denn er sah die begehrlichen Blicke des kleinen Mädchens.

„Schön, schön", wisperte die Kleine, dann sagte sie laut: „Liebe Oma, du hast viel zu tun, da wollen wir dich nicht stören. Wir wollen lieber in den Garten gehen, ich muß mich belehren."

„Willst du nicht ein Löffelchen haben", sagte die weichherzige Oma und hatte schon auf einen Teller die schönsten Johannisbeeren gelegt.

„Wenn du sie loswerden willst", erwiderte Erna und verschlang in Eile die Beeren. „So, Opa, nun komm!"

„Was zuerst? Wahrscheinlich den Garten."

„Na, damit könnten wir nu' noch warten. Erst mal in das Haus mit dem gruseligen Boden. – Opa, ich finde den Weg noch. Hier geht es rauf!"

„Willst du nicht erst Harald beschauen und Tante Karla begrüßen?"

„Ach, lieber erst auf den gruseligen Boden. Dann gehen wir die kleine Treppe 'runter. – Komm doch, lieber Opa!"

„Aber, Klein-Goldköpfchen, ich kann doch nicht so schnell laufen wie du, ich bin doch schon ein alter Mann."

„Wie alt biste denn, Opa?"

„Im nächsten Jahre werde ich siebzig Jahre."

„Ach, gelacht, lieber Opa, da biste doch nicht alt! Onkel Forstrat ist gleich achtzig, und der rennt auch noch Treppen. Mach mal ein bißchen fix, lieber Opa!"

Apotheker Wagner lief, so rasch er konnte, die Treppen empor. Das Haus hatte drei Stockwerke, außerdem noch einen Giebel, und gerade aus dieser Giebelstube wollte Erna hinausgucken, weil man von dort weit über die kleine Stadt sehen konnte.

Der Opa kam auch wirklich nach und gab am Fenster seiner Enkelin alle gewünschten Erklärungen.

„Einen schönen Stadtpark haben wir bekommen, sieh, dort die vielen Bäume, das ist er."

„Darf ich auch in den Stadtpark gehen, Opa? Darf ich dort auf einer Bank sitzen?"

„Natürlich, Tante Karla fährt den kleinen Harald fast jeden Tag nach dem Stadtpark und sitzt auf einer Bank."

„Au, fein, Opa, und dann gibst du mir auch die Zeitung mit dem Kreuzworträtsel."

„Möchte doch wissen, was du mit der Zeitung willst."

„Ach, laß nur, lieber Opa, komm jetzt zu dem finsteren Gang und dem großen Boden."

Der große Hausboden der Apotheke mit seinen vielen Kammern und Winkeln war schon die Freude Goldköpfchens und ihrer Brüder gewesen. Dort hatten sie unzählige Male Verstecken gespielt, dort hatte man umhergetollt und die anderen das Gruseln gelehrt.

Plötzlich war Erna verschwunden. Der Großvater sah zwar, daß sie hinter einem Balken kauerte, trotzdem rief er immer wieder nach seiner Enkelin. Als er dann in die Nähe des Versteckes kam, sprang Erna hervor, indem sie ein lautes: „Hu-Hu" ausstieß.

Der gute Großvater stellte sich erschrocken. So hatte Erna ihre helle Freude an dem entsetzten Gesicht des alten Herrn.

„Nun komm weiter, aber ein bißchen schnell. Jetzt gehen wir in den Keller zu den vielen Flaschen!"

„Immer langsam, der Opa kann nicht so schnell."

„Dann laß dir doch vom Onkel Kuno was aus der Apotheke gehen, er hat so viele weiße Töpfe stehen. – Ach, Opa, mach mir doch die Freude und komm ein bißchen schneller."

Erna rutschte auf dem Geländer hinunter, der Großvater folgte im Geschwindschritt. Erna streichelte ihm zärtlich die Wange. „Ach ja, du bist sehr gut. – So, und nun komm in den Keller!"

Im Hof stand Adrian, der Hausdiener, und wusch Flaschen. Eine herzliche Begrüßung zwischen ihm und Erna folgte. „Du kennst mich doch noch?“ klang es von der Kleinen Lippen.

„Aber freilich“, lachte der junge Mann.

„Opa“, flüsterte Erna, „bist du so gut und läufst rasch mal in mein Zimmer, aber bitte ganz fix. Dort liegt meine kleine Handtasche, knallrot. In der Handtasche steckt eine kleine Schachtel mit Zigaretten, die hol mal.“

„Nein, nein, Klein-Goldköpfchen, die magst du dir allein holen, du hast jüngere Beine.“

„Baldrian, – du weißt doch, wo ich wohne? Geh mal rauf und –“

„Nein, Klein-Goldköpfchen“, fiel der Großvater ein, „ein Geschenk holt man ganz allein.“

„Die Mutti sagt immer, die Männer müßten höflich gegen Frauen sein. Der Hermann rennt immer gleich und holt. – Na, wartet mal hier, ich laufe schnell und hole alles alleine.“

Sehr bald war die Kleine wieder zurück. Sie hatte die rote Handtasche mitgebracht. „Sieh mal, Opa, der Vati hat mir drei Geldstücke geschenkt, blitzblank, wie Silber. Jedes Geldstück ist eine Mark. Das darf ich hier alles ausgeben. Immer wenn ich eine Briefmarke brauche, soll ich sie bezahlen. Aber – wenn ich zu Hause eine Briefmarke brauche, schenkt sie mir immer der Vati.“

„Aha, ich verstehe schon. – Ich denke, Adrian soll etwas bekommen?“

Erna entnahm ihrer Handtasche eine plattgedrückte kleine Schachtel. Der Großvater lachte. „Da hast du wohl schon drauf gesessen?“

„Oh, sie rauchen sich noch!“ Erna zerbohrte die Schachtel. Da fiel ihr der Tabak schon entgegen: einige der Zigaretten waren zerbrochen. Sie suchte eine noch brauchbare heraus und reichte sie Adrian. „Die habe ich dir mitgebracht.“ Dann wurde das zerdrückte Kästchen in die Handtasche zurückgelegt.

Adrian bedankte sich lachend und steckte die Zigarette in die Brusttasche. Dann ging man weiter.

Vor der Garage blieb Erna stehen. Sie zeigte hinauf zu den kleinen Fenstern, die über der Garage sichtbar waren, und lachte hell auf.

„Opa, dort oben soll mal der Teufel gewohnt haben; dabei hat doch die Mutti immer dort geschlafen."

„Ich weiß, ach, ich weiß, Klein-Goldköpfchen."

Weiter gingen die beiden über den Hof, und wieder blieb Erna vor einer großen Kiste stehen, in der kleine Flaschen, allerlei Scherben und sonstiges Gerümpel lag. Mit spitzen Fingerchen griff sie in die Kiste und zog ein kleines niedliches Fläschchen heraus, das einen Schraubdeckel hatte.

„Na, das ist arg", klang es entrüstet, „so 'ne schöne Flasche – – Und da, guck mal, Opa, da unten liegt eine schöne grüne Flasche. – Wühl die mal raus!"

„Aber, Klein-Goldköpfchen, ich zerschneide mir ja die Hände, wenn ich aus all den Scherben die grüne Flasche heraushole."

Mißbilligend schüttelte Erna das Köpfchen. „Ihr seid aber keine sparsamen Leute. – Nein, das gefällt mir nicht! Meine Mutti sammelt alles und verwendet es. – Soviel zerschlagen wir auch nicht wie ihr! Ach, so schöne Flaschen! – Und dort, sieh mal, Opa, so ein Haufen Holzwolle und alte Bretter. Das muß anders werden! Holzwolle kann man gut im Ofen verbrennen, sie heizt, – und ihr schmeißt das im Stall herum. – Ach nein, lieber Opa, das mißfällt mir!"

„So so, bist du so ordentlich?"

„Und die vielen Kistendeckel, die zerhackt man klein und verbrennt sie. Da kriegt man im Winter einen schönen warmen Ofen. – Ach", wieder wandte sie sich der Scherbenkiste zu, „die vielen schönen Flaschen. – Opa, bitte wühl mir doch solche kleine Flaschen raus. Die bringe ich den Kindern mit, dann freuen sie sich."

„Wir werden in der Apotheke nachsehen, dort gibt es allerlei Flaschen."

„Nein, Opa, ich möchte so gerne die hübsche grüne Flasche da unten. Ich will gar keine neue Flasche. Die Mutti sagt, man muß erst das Alte verwenden."

„Ich werde dir später so 'ne kleine grüne Flasche heraussuchen lassen."

„Und auch die weiße da, mit dem krummen Hals!"

„Aber, Klein-Goldköpfchen, was willst du denn mit einer alten Odolflasche anfangen?"

„Die ist sehr schön! – Ach, lieber Opa, suche mir doch die kleinen niedlichen Flaschen heraus. Die nehme ich mit nach Heidenau, dann freut sich der Kinderhaufen!"

„Komm nun, jetzt gehen wir in den Keller", sagte Herr Wagner, um das Kind von der Scherbenkiste abzulenken. Er schloß die Kellertür auf und drehte das elektrische Licht an. Dann stiegen beide hinab.

„Opa, so 'nen großen Keller, mit so vielen kleinen Kellern, hat kein anderer."

„Ich brauche alle die Keller. Wenn man eine Apotheke hat, muß man verschiedene Keller haben."

„Opa, in welchem Keller ist das schlimme Gift?"

„Das ist ganz woanders."

„Wo ist das? – Opa, ich möchte furchtbar gern mal das schlimme Gift sehen."

„Das hat Onkel Kuno in einem Schrank, das zeigt er keinem."

„Dir auch nicht?"

„Mir zeigt er es schon."

„Na, dann zeigt er es mir auch", sagte Erna listig. „Ich schenke ihm einen schönen Blick, und dann sehe ich auch das fürchterliche Gift."

„Und dann komme ich“, lachte der Großvater, „sehe meinen Kuno mit einem noch viel lieberen Blick an, und dann – zeigt er dir das Gift nicht.“

Da lachte Erna laut auf. „Opa, wollen mal sehen, wer lieber blicken kann! – Na, warte mal ab, Opa!“

„Hier ist auch Gift“, sagte Wagner und wies auf einige mittelgroße Fässer, die in einem der Keller lagen.

Erna faßte ängstlich nach der Hand des Großvaters. „Was ist das?“

„Das ist Rum. – Das dort ist Weinbrand, und das dort ist Süßwein.“

„Oh“, lachte die Kleine hell auf, „Opa, das ist doch kein Gift! – Opa, die Fässer haben alle einen Hahn zum Drehen. Dreh doch mal ein bißchen an dem Hahn von dem Süßwein.“

„Warum denn?“

„Nun“, meinte Erna und lächelte wieder verschmitzt den Großvater an, „ich möchte gerne mal dran riechen. Ich halte den Finger drunter, dann tropft es, und dann lecke ich meinen Finger ab.“

Auch jetzt konnte der gute Großvater nicht widerstehen. Er drehte den Hahn des Tokaierfäßchens ein ganz klein wenig auf; der Tropfen wurde von Ernas Hand aufgefangen. Dann leckte sie ihre Handfläche ab.

„Hm – der ist aber gut, Opa. Ach, laß doch noch mal tropfen!“

Sie durfte noch einige Tröpfchen schlecken, dann drehte Wagner den Hahn wieder fest zu. Weiter gingen die beiden durch die Keller. Hier lagen Flaschen verschiedener Heilbrunnen, Kasten und Kisten standen hoch übereinander getürmt. Säcke standen herum, und immer wollte die Kleine neue Erklärungen haben, die der Großvater willig gab.

„So, Opa, nun haben wir genug gesehen, nun stärken wir uns noch mit einem süßen Tropfen von dem kleinen Faß, und dann gehen wir in den Garten zu den Beerensträuchern.“

„Jetzt ist es genug mit dem Tröpfeln.“

„Ach, lieber guter Opa, nur noch einmal schmecken. – Bitte, bitte, komm doch!“

„Aber nur einen Tropfen.“

Es wurden aber doch fünf Tropfen aus dem versprochenen einen, bis der Hahn wieder fest geschlossen war. Dann verließen Großvater und Enkelin endlich den Keller.

Im Garten hatte sich nicht viel verändert. Erna fand sich rasch darin zurecht.

„Opa, weißt du noch, wie wir hier mit dir Maulschmeißer gespielt haben? Jetzt spiel doch mit mir Maulschmeißer.“

„Das ist doch kein schönes Spiel! Damals wolltet ihr mir Steine in den Mund werfen.“

„Opa, mir schmeißt du jetzt Johannisbeeren ins Maul oder Himbeeren. So, Opa, ich setze mich hier auf die Bank, und du pflückst die Beeren ab, und dann schmeißt du sie mir ins Maul.“

„Aber Erna, eine weltkluge junge Dame hat doch kein Maul! Sie hat doch ein hübsches Mündchen.“

„Opa, – wenn ich recht viel Beeren haben will, habe ich immer ein Maul, denn ein Maul ist doch viel größer als ein Mündchen. Kannst ruhig Maul sagen, ich sag's nicht weiter. Vor der Mutti dürfen wir das auch nicht sagen. Aber wenn der Kinderhaufen beisammen ist, haben wir alle ein Maul! – So, nu geh pflücken, ich warte hier!“

„Komm lieber mit, kleiner Faulpelz! Beeren, die man selbst vom Strauche abpflückt, schmecken noch einmal so gut!“

Gemeinsam pflückte man Beeren. Als aber Großvater Wagner einige in seinen Mund steckte, sah ihn Erna vorwurfsvoll an. „Ich dachte, du pflückst für mich?“

„Nun, ich wollte auch ein paar Beeren essen.“

„Nu ja, ein paar Beeren kannste schon essen, aber denke daran, daß ich Beeren furchtbar gerne esse.“

So bekam Erna eine schöne Portion Beeren, die sie nur zum Teil selbst pflückte, die größere Menge bekam sie vom Großvater. Plötzlich schrie Erna vor Freude laut auf: „Opa, hier sind ganz, ganz große Himbeeren!"

„Das sind die besonders guten Beeren!"

Vorsichtig pflückte Erna ihr Händchen voll. Dann lief sie zum Großvater. „So, die schenke ich dir. Weil du so lieb und gut zu mir warst, vergelte ich dir jetzt deine Guttat. – Da hast du die schönen Beeren!"

„Das ist sehr nett von dir, aber iß sie nur allein!"

„Nein, Opa, das sind deine Beeren, die mußt du essen, ich gebe sie dir gerne. Ein anderes Mal kannst du mir ja auch große Beeren schenken."

Wagner mußte die Himbeeren verspeisen. Neidlos sah Erna ihm zu.

„So", sagte sie, „nun gehen wir noch einmal durch den Garten, und ich hänge mich in deinen Arm, ich gehe gerne mit hübschen Herren Arm in Arm spazieren."

Vor dem gemauerten Becken, in dessen Mitte ein verrostetes Rohr sichtbar war, blieb Erna stehen. „Damals haben noch Fische drin geschwommen, jetzt ist gar kein Wasser mehr drin. – Das gefällt mir nicht."

„Das war früher ein Springbrunnen. Jetzt ist er kaputt. Deine Mutti hat manchmal an diesem Springbrunnen gestanden und sich an dem Wasserstrahl erfreut."

„Opa – wenn der Springbrunnen doch gesprungen hat, als meine Mutti noch dein Kind war, so mach doch, daß er jetzt auch wieder springt."

„Er ist entzwei. Das Becken kann eine hübsche Rennbahn für dich abgeben, immer rund herum."

„Ach, ich möchte viel lieber einen Springbrunnen. Unsere Kinder zu Hause fahren bald zu einem Wasserfall. Ich möchte hier auch einen kleinen Wasserfall haben. – Ach, lieber, lieber Opa, mach mir doch einen Springbrunnen, genau so bunt wie in Dresden in einem Garten. Da ist das Wasser mal rot, mal gelb, mal grün."

„Das würde furchtbar viel Geld kosten, Klein-Goldköpfchen."

„Na, dann mach nur 'nen weißen Springbrunnen. Bitte, bitte, ich möchte so furchtbar gern einen Springbrunnen."

Wagner schwieg. Er überlegte schon wieder, ob er seinem geliebten Enkelchen nicht auch diesen Wunsch erfüllen könne. Ein Springbrunnen würde sicher seinen Garten verschönen.

Erna beobachtete aufmerksam das Gesicht des Großvaters und sagte befriedigt: „Es wird schon ein Springbrunnen werden, – nicht wahr, mein lieber guter Opa?"

Das Kreuzworträtsel und seine Folgen

„Laß mich in Ruhe, Erna, ich habe heute keine Zeit für dich!"

„Ach, Onkel Kuno, gestern hast du auch schon keine Zeit für mich gehabt. Wirst du morgen endlich Zeit für mich haben? Es ist in deinem Laden so schön, und ich möchte noch so vieles wissen."

„So geh zu Tante Karla, ich habe zu tun."

„Du wolltest mir doch eine Zeitung geben."

„Hier hast du eine Zeitung."

Erna durchblätterte die Zeitung und reichte sie Onkel Kuno wieder hin. „Nein, die nicht, ich brauche eine andere Zeitung, so eine mit Bildern, und hinten muß ein Kreuzworträtsel sein."

„Du Quälgeist, – störe mich nicht beständig bei der Arbeit, geh zur Großmama. Im Wohnzimmer liegen solche Zeitschriften, dort kannst du dir eine geben lassen."

„Hast du morgen für mich Zeit, lieber Onkel?"

„Das weiß ich noch nicht. Du kannst morgen einmal nachfragen kommen."

Erna verließ die Apotheke, ging ins Wohnzimmer der Großeltern. Dort saß Frau Wagner und schrieb in ein Buch ein.

„Alles schreibt“, seufzte die Kleine, „keiner hat für mich kleines Mädchen Zeit, das zu Besuch ist.“

„O doch, mein Liebling, wir haben für dich Zeit. Was willst du denn?“

„Der Opa hatte gestern den ganzen Tag für mich Zeit. – Heute ist der Opa fortgegangen, na, da kommst du eben an die Reihe, du liebe Oma. – Du willst doch auch was von mir haben.“

„Du wirst vielleicht schon heute einige Kinder kennenlernen, liebe nette Kinder aus Dillstadt, mit denen du spielen kannst.“

„Weißt du, Oma, ich wollte mich eigentlich von dem Kinderlärm erholen. Ich kann doch auch mit den Großen bekannt werden. Zu Hause habe ich immer so einen großen Haufen Kinder, und der Väti hat gesagt, ich soll die Augen aufmachen und was Neues lernen.“

„Die Kinderchen, die wir dir bringen werden, sind sehr nett, mit denen wirst du vergnügt spielen können.“

„Wollt ihr denn nicht mit mir spielen?“

„Freilich, Klein-Goldköpfchen, aber Kinder gehören nun einmal zu Kindern. Für heute vormittag mache ich dir aber einen anderen Vorschlag. Tante Karla fährt sogleich den kleinen Harald in den Stadtpark, da kannst du mitgehen. Tante Karla nimmt dich sehr gern mit. Der Stadtpark hat viele schöne Bäume und einen großen Spielplatz für die Kinder.“

„Und Bänke, auf denen man sitzen kann?“

„Viele Bänke, mein Liebling, im Stadtpark gehen an schönen Tagen sehr viele Leute spazieren.“

„Ach ja, dann will ich gleich zu Tante Karla gehen, sie soll mich mit in den Stadtpark nehmen. Aber erst gibst du mir eine Zeitschrift mit einem Kreuzworträtsel.“

Frau Wagner ging zur Zeitungsmappe und entnahm ihr einige illustrierte Zeitschriften. „Du kleiner Knirps wirst ja noch kein Rätsel raten können."

Erna suchte in den Blättern und nickte befriedigt. „So, liebe Oma, nu paß mal auf!" Dabei beugte sie sich über das Blatt und begann langsam zu lesen: „Oma, sag mir einen europäischen Strom."

„Da gibt es viele. Laß nur, Erna, du kannst noch kein Kreuzworträtsel raten."

„Oma, bitte, bitte, sag mir doch ein Schneidergerät."

„Nadel, – Schere – aber es ist besser, du gehst mit Tante Karla in den Stadtpark."

„Oma, ach gib mir doch mal einen Bleistift, dann gehe ich los!"

Erna bekam einen Bleistift, den sie in ihre kleine rote Handtasche steckte.

„Sieh mal, Oma, ich habe immer noch die drei blitzenden Geldstücke, das sind drei Mark. Die stecken hier in der kleinen Tasche. Ist das nicht niedlich?"

Die Großmama schaute in die Mitteltasche des roten Handtäschchens. „Behüte sie recht gut, Klein-Goldköpfchen, und sei hübsch sparsam. – Doch nun lauf, sonst fährt Tante Karla davon."

Tante Karla, Onkel Kunos Frau, war dabei, den kleinen Harald zum Ausfahren fertigzumachen. Er trug ein hellblaues Jäckchen, ein ebensolches Mützchen und lag in einem mit hellblauem Stoff ausgeschlagenen Wagen.

„Oh, das ist wie bei unserer Ulla, aber die ist nicht blau, die ist rosa."

„Ulla ist auch ein kleines Mädchen. Mädchen bekommen rosa Kleider, die Knaben blaue."

Erna lachte. „Da willst du mir ja was Feines einreden, Tante Karla, ich habe auch ein blaues Kleidchen und bin doch kein Junge!"

„Das ist nur bei kleinen Kindern der Fall, die noch im Wagen gefahren werden."

„Ach so, damit die Mutti gleich weiß, ob es ein Junge oder ein Mädchen ist. – Oh, das hat die Natur aber klug eingerichtet!"

„Kleiner Schnickschnack, mach dich fertig, wir gehen in den Stadtpark."

„Tante Karla, kannst du Kreuzworträtsel raten?"

„Freilich, ich rate sie sogar recht gern."

„Nu, dann können wir gehen!"

Erna nahm ihre rote Handtasche, klemmte die Zeitschrift unter den Arm und schritt gravitätisch neben dem Kinderwagen her.

„Nun werden die Leute denken, ich bin deine Tochter, und der Kleine im Wagen ist mein Bruder."

„Das werden sie freilich denken, Erna."

„Der Opa nennt mich immer Klein-Goldköpfchen, das höre ich sehr gern."

„Ist auch ein sehr niedlicher Name, Erna."

„Der Opa sagt gar nicht mehr Erna, er sagt immer Klein-Goldköpfchen, das höre ich wirklich gerne, liebe Tante Karla."

„Da soll ich dich wohl auch so nennen?"

„Ich bitte darum."

Man fuhr dem Stadtpark entgegen. Auf dem großen Spielplatz, der inmitten hoher schattiger Bäume angelegt war, setzte sich Karla auf eine Bank.

„Wenn du willst, kannst du dort drüben im Sande spielen. Schau, dort sind schon drei kleine Mädchen."

„Sie sind wirklich etwas klein, Tante Karla, ich spiele viel lieber mit größeren Jungen oder – unterhalte mich mit Herren. Die wissen schon allerlei, und ich kann manches lernen."

„Spiele lieber mit Kindern.“

„Erst wollen wir das Rätsel raten, Tante Karla. – So, jetzt paß mal gut auf, jetzt muß ich wissen: eine Gattung von Singvögeln und einen Leuchtkörper der Bergleute. – Du, was ist denn das?“

„Zeige mal her, Klein-Goldköpfchen, ich werde das Rätsel raten, und du kannst aufpassen.“ Karla zog einen Bleistift aus der Tasche. Da wehrte Erna energisch ab.

„Nicht hinschreiben“, rief sie erregt, „du mußt mir nur sagen, was es ist.“

„Wir müssen die Felder doch ausfüllen, sonst kommen wir nicht weiter.“

„Nein, nein, Tante Karla, so ein bißchen kann ich ja hinschreiben, aber nicht alles. – Weißt du ein germanisches Getränk?“

„Ein germanisches Getränk. – Vielleicht Met.“

„Gut, das schreibe ich hin. – Sag doch auch den Leuchtkörper der Bergleute.“

Karla warf einen Blick auf das Rätsel. „Grubenlampe.“

„Schreib' ich hin. – Und nu sag' mir eine Fußbekleidung.“

Wieder betrachtete Karla das Rätsel. „Schuh“, sagte sie.

„Und nu ein Schneidergerät.“

„Nadel – Schere –“

„Nadel – – gut!“

„Aber Erna, das heißt ja hier ein Schneidegerät und kein Schneidergerät.“

„Laß nur, das stimmt schon!“

„Nein, das stimmt nicht. Eine Nadel ist doch kein Schneidegerät, das wird wohl ›Säge‹ sein.“

Erna ließ sich schließlich bestimmen, „Säge“ einzuschreiben.

„Nu dürfen wir aber nichts mehr schreiben, jetzt sagst du mir nur alles. – Also, was ist ein Ur – Ur – Urn – kunden–beamter?“

„Vielleicht ein Notar.“

„Und was ist ein Nordlandtier?“

„Da es nur drei Buchstaben haben darf, wird es ein Ren sein.“

„Und ein griechischer Buchstabe mit drei Buchstaben?“

„Eta –“

„Eta – – eta – – eta – –“, wiederholte Erna, um sich das schwere Wort einzuprägen. „Und was ist 'ne Segelstange mit drei Buchstaben?“

„Raa – –“

„Gut –, so, liebe Tante Karla, nun kannst du wieder auf deinen kleinen Jungen aufpassen, und ich gehe ein bißchen im Park spazieren.“

„Aber nicht zu weit, Klein-Goldköpfchen! Der Park hat viele Wege, du könntest dich verlaufen.“

Erna schnippte mit dem Finger: „Dann frage ich einfach: ›Wie komm' ich zur Apotheke von meinem Opa? Er heißt Wagner und hat ein Kind, das ist der Onkel Kuno, der jetzt die Apotheke hat. Bitte sagen Sie mir den Weg.‹ Dann führt man mich hin, und ich gehe nicht verloren.“

„Trotzdem möchte ich nicht, daß du dich weit entfernst.“

„Ach, ich möchte nur so ein bißchen im Stadtpark spazieren gehen.“ Schon war Erna von der Bank aufgestanden, klemmte wieder die Zeitung unter den Arm, ging über den Spielplatz und bog in einen breiten Weg ein. Da stand eine Bank, auf der saß ein alter Herr, der die Zeitung las. Erna betrachtete ihn prüfend, er sah nett aus. Da setzte sie sich neben ihn auf die Bank und breitete ihre Zeitschrift aus. Sie legte den Bleistift an die Stirn, schickte die Augen zum Himmel und gab sich den Anschein, als denke sie angestrengt nach. Es dauerte auch gar nicht lange, da warf der alte Herr einen Blick auf das kleine Mädchen, das über ein Kreuzworträtsel nachzudenken schien.

Erna merkte das. „Ein germanisches Getränk“, murmelte sie, „das wird wohl – – Met sein.“ Dann gab sie sich den Anschein, als schreibe sie das

Wort ein. „Eine Segelstange – – eine Segelstange – – nun, das könnte Raa sein."

„Ratest du schon so schwere Rätsel?"

„Ach – das ist gar nicht so schwer."

„Erlaube mal, da ist doch allerlei zu raten, was du noch nicht wissen kannst."

„Ach – ich weiß das schon. – Ein griechischer Buchstabe,– der könnte Eta sein, sonst paßt das andere nicht."

Nun faltete der alte Herr seine Zeitung zusammen und betrachtete voller Staunen das kleine goldhaarige Mädchen. „Nun rate mal weiter", sagte er.

Erna lächelte verstohlen vor sich hin. „Ein Leuchtkörper der Bergleute kann doch nur eine Grubenlampe sein."

„Du bist ja das reine Weltwunder, kleines Mädchen. – Wie alt bist du denn?"

„Ich bin gar nicht so klein, wie Sie denken, ich werde bald acht Jahre alt."

„Und da kannst du schon griechische Buchstaben?"

„Ich kenne noch mehr! – Jetzt muß ich einen – einen – Ur-kun-den-beamten haben."

Erna überlegte. Wie war doch das schwierige Wort gewesen, das Tante Karla vorhin gesagt hatte? Gehört hatte sie dieses Wort noch nie. Es mußte mit dem Buchstaben „r" enden.

„Na", sagte der alte Herr, „das wirst du nicht wissen."

Wie war doch das Wort? Wie war es nur gewesen? „Oh, ich weiß schon", rief sie fröhlich, „ein Nator!" und schon kritzelte sie das Wort in das Rätsel.

„Was? – Ein Nator? Du meinst wohl einen Notar?"

Erna wurde ein wenig rot. Hastig glitt sie darüber hinweg. „Und jetzt noch ein Lineal."

Der alte Herr riet, – er fand nichts. „Zeig einmal her, Kleine."

„Ja, es ist etwas schwer, aber ich werde es schon rausbekommen."

Plötzlich lachte der neben Erna Sitzende. „In Griechisch scheinst du besser zu sein als im Lesen. Ein Mineral sollen wir suchen, kein Lineal. Das wird wohl Stein sein, – du kleiner Pfiffikus. – Wer hat dir denn bei dem Rätsel schon geholfen?"

Erna faltete die Zeitschrift zusammen, rutschte von der Bank hinunter und sagte freundlich: „Jetzt muß ich aber gehen, meine Tante und der Junge im blauen Wagen warten auf mich." Dann lief die Kleine rasch davon. Sie fühlte sich von dem alten freundlichen Herrn durchschaut. Eigentlich war es nicht richtig, daß sie sich den Anschein gab, als wisse sie das alles. Aber die Sache mit dem Kreuzworträtsel machte ihr so viel Spaß, daß sie immer wieder diesen Scherz vorbrachte. Wie oft hatte sie sich in Heidenau von Onkel Forstrat die Kreuzworträtsel raten und ganz dünn vorschreiben lassen, um damit die Bewunderung der Erwachsenen zu erregen. Hier hatte sie sich in ihrem Eifer blamiert. Der Beamte hieß – hieß – – jetzt hatte sie das schwere Wort schon wieder vergessen, und daß sie sich beim Mineral verlesen hatte, war auch schlimm. Aber man wußte ja nicht, was das schwere Wort zu bedeuten hatte.

Erna bog in einen Seitenweg ein und fand wieder eine Bank, auf der ein junger Mann saß. Er hatte beide Arme hinterrücks um die Lehne geschlungen und sah gelangweilt aus. Erna zögerte ein Weilchen. Der junge Mann gefiel ihr nicht recht, trotzdem setzte sie sich zu ihm auf die Bank, um ihr Spiel aufs neue zu beginnen.

„Ein Leuchtkörper der Bergleute, – – na, das kann eigentlich nur eine Grubenlampe sein."

Sie kritzelte ein Weilchen. Der junge Mann schien nicht auf sie zu achten.

„Ein griechischer Buchstabe – – ja, ein griechischer Buchstabe, – das ist schon schwerer." Sie stützte die Stirn in die kleine Hand und schien furchtbar nachzudenken, schloß die Augen und sagte halblaut: „Es könnte wohl Eta sein."

Weiter versank Erna in Nachdenken. Da erhob sich der junge Mann und ging davon. Erna blieb ruhig sitzen, schaute durch die Finger, die sie über die Augen gelegt hatte, dem Burschen nach, der eine immer schnellere Gangart einschlug und schließlich in einem Seitenwege verschwand.

„Ich bin ein Weltwunder, hat er gesagt", murmelte die Kleine mit verklärtem Gesicht. „Na, wenn keiner mehr hier ist, kann ich ja weitergehen. – Oh, das macht aber Spaß!"

Sie faltete die Zeitschrift zusammen und wollte nach ihrem roten Handtäschchen greifen, das sie neben sich auf die Bank gelegt hatte. – Es war nicht mehr da. Erna schaute unter die Bank, aber auch dort war die Tasche nicht zu sehen. Erna umschritt ängstlich die Bank, lief dann den Weg zurück, den sie gekommen war, eilte zu der Bank, auf der sie neben dem alten Herrn gesessen hatte. Dort saß noch immer der freundliche Herr.

„Ah, da kommt ja meine kleine kluge Freundin wieder." Mit diesen Worten wurde sie empfangen.

„Ich hab' vorhin 'ne kleine rote Tasche gehabt, die lag hier."

„Ja, daraus hast du den Bleistift genommen, um das Rätsel zu raten. Das Rätsel mit dem Urkundenbeamten und dem griechischen Buchstaben."

„In der Tasche habe ich drei blitzende Markstücke gehabt – nun ist die Tasche weg."

Erna suchte auf der Erde, alles Suchen war vergeblich.

„Hier hast du die rote Tasche nicht liegen lassen, mein Kind. Als du davongingst, hast du sogar sehr damit geschaukelt, das habe ich gesehen. Wo bist du dann hingegangen?"

„Auf eine andere Bank."

„Hat dort auch jemand gesessen, der dir beim Rätselraten helfen sollte, du kleines Rackerchen?"

„Ja, da saß auch ein Mann.“

„Du hast doch sicher die Tasche gehabt, als du dich auf die andere Bank setztest?“

„Ja, da habe ich sie ganz bestimmt gehabt! Ich habe den Bleistift rausgenommen und mir meine Geldstücke angesehen. – Ach, meine schönen blitzenden Markstücke!“

„Dann wollen wir mal suchen gehen.“

„Ich hab' schon überall gesucht“, sagte Erna und begann zu weinen, „es ist nichts da!“

Teilnahmsvoll erkundigte sich der freundliche alte Herr, wo Erna die Tasche hingelegt habe, wo der Mann, der auf der Bank gesessen, hingegangen sei.

Erna wies mit dem Fingerchen den Weg, den der Bursche eingeschlagen hatte.

„Dem wollen wir gleich einmal nachgehen, vielleicht finden wir den jungen Mann.“

Bitterlich weinend schritt Erna an der Seite ihres neuen Freundes einher. Die schöne rote Handtasche war ein Geschenk der Mutti für die Reise. Vor allem aber schmerzte Erna der Verlust des vielen Geldes, das Klein-Goldköpfchen von daheim erhalten hatte. Wieder klang es schluchzend:

„Sie blinkerten so schön, und es war sooo viel Geld!“

Man bog in den Seitenweg ein, – da lag auf dem Rasen, unter einem Baum, die rote Handtasche. Erna schrie vor Freude laut auf, lief hin und holte ihre Tasche zurück. Stürmisch drückte sie sie ans Herz.

„Ich war schon so in Angst!“

Der alte Herr machte ein bedenkliches Gesicht. „Nun mach einmal die Tasche auf und hole dein Taschentuch heraus.“

Das Taschentuch war vorhanden, aber die drei blitzenden Markstücke fanden sich trotz genauesten Suchens nicht vor. Aufs neue strömten Ernas Tränen, dann eilte sie abermals auf den gepflegten Rasen, kniete dort nieder, wo die kleine Tasche gelegen hatte und suchte eifrig. Daß ihr der junge Bursche ihr Vermögen herausgenommen haben könnte, glaubte sie nicht. Und doch war es so gewesen. Der Bursche hatte die Tasche an sich genommen, dann das Geld, das er bei Erna gesehen hatte, zu sich gesteckt, und das Täschchen, das ihm nichts nützen konnte, wieder fortgeworfen.

„Ich find's nicht, ich find's nicht", weinte das Kind.

„Wirst du wohl vom Rasen heruntergehen", ertönte eine barsche Stimme, „es ist verboten, im Stadtpark den Rasen zu betreten." Es war der Parkwächter, der Erna unsanft anfuhr.

Erna wurde blaß. Der Verlust des Geldes machte sie schon sehr unglücklich, und nun kam noch ein Mann, der sie schalt.

„Ich suche doch nur meine blitzenden Geldstücke", schluchzte sie.

Der alte Herr sprach mit dem Parkwächter und gab ihm alle nötigen Erklärungen. Da wurde der bärtige Mann sanfter. „Das Geld brauchst du nicht weiter zu suchen, Kleine, das hat man dir fortgenommen. Aber den Schlingel werde ich erwischen, er hat es schon einmal so gemacht. – Hast ihm wohl dein Geld gezeigt?"

„Nur ein bißchen, es blinkerte doch so schön – – und dann wollte ich doch, – – daß er sieht – – wie reich ich bin."

„Das war recht unklug von dir, Kleine. – Wenn du schon dein Geld anderen Leuten zeigst, mußt du auch gut auf das Geld aufpassen."

So mußte sich Erna damit abfinden, daß die drei Mark für immer verloren waren. Sie schluchzte jämmerlich, verabschiedete sich dann artig von den beiden Männern und lief zurück zum Spielplatz, wo noch immer Tante Karla mit ihrem kleinen Harald war.

„Tante Karla", tönte es schon von weitem, und wieder flossen die Tränen, „all mein vieles Geld ist fort!"

„Was ist denn geschehen, Klein-Goldköpfchen?“

Erna erzählte unter Schluchzen. Sie sprach von dem Manne, der neben ihr auf der Bank gesessen hatte und sich entfernte, als sie über das Rätsel nachdachte.

„Du kannst doch noch kein Kreuzworträtsel raten, – was soll dieser Unsinn, Erna?“

„Ach, es macht doch soviel Spaß! Die Leute denken dann, ich bin ein Weltwunder.“

„Da siehst du, daß du ein törichtes Mädchen bist und kein Weltwunder. Nun hast du die Strafe dafür, daß du dich mit fremden Federn schmückst.“

„Ich habe aber keine Federn – –“

„Ich will damit sagen, es ist die gerechte Strafe dafür, daß du dich für klüger ausgibst, als du bist. Du willst den Menschen etwas vormachen, und dabei glaubt doch niemand, daß du heute schon weißt, wie ein griechischer Buchstabe oder eine Segelstange heißt. Du wirst nicht nur ausgelacht, du wirst sogar bestohlen. Es ist dir ganz recht geschehen.“

„Ach, Tante Karla, nun habe ich gar kein Geld mehr!“

„Nimm es als gerechte Strafe hin. Es ist besser, du spielst mit Kindern und läßt die Erwachsenen in Ruhe. Ich finde es gar nicht nett, Erna, daß du dich zu fremden Menschen auf die Bank setzest und diesen Unfug treibst.“

„Es machte doch sooo viel Spaß – –“

„Es war ein teurer Spaß, mein Kind. – Und nun geh hinüber zum Sandhaufen und spiele mit den Kindern oder bleibe artig bei mir sitzen.“

Erna blieb bei Tante Karla sitzen. Von Zeit zu Zeit öffnete sie die rote Handtasche und suchte darin herum. Daß alle drei blitzenden Markstücke genommen waren, wollte der Kleinen unmöglich scheinen.

Endlich kehrte man nach Hause zurück. Erna eilte sofort zum Opa.

„Ach, meine schönen blitzenden Markstücke sind weg, einer hat sie genommen!“

Mitleidsvoll ließ sich Herr Wagner erzählen, was geschehen war. Etwas zögernd, aber wahrheitsgetreu berichtete die Kleine.

„Ja, mein Klein-Goldköpfchen, diesmal kann ich dir wirklich nicht helfen, diesmal bist du im Unrecht. Nun hast du für den Vorwitz die Strafe erhalten. Laß in Zukunft das Rätselraten hübsch bleiben und gib auf deine Sachen acht.“

„Helfen könntest du mir schon, lieber Opa“, sagte Erna und öffnete die Tasche weit, „vielleicht hast du ein bißchen Geld übrig.“

Da legte der Großvater ein Fünfzigpfennigstück in die rote Tasche und sagte: „Mehr gibt es nicht, eine Strafe mußt du haben.“

Kurz darauf stand Erna vor der Großmama und erzählte ausführlich von ihrem Jammer. Auch ihr wurde die geöffnete Tasche hingehalten. Die Oma legte ein Zehnpfennigstück hinein.

„Es blitzt aber wenig“, sagte Erna, „ich hätte viel lieber was Silbriges gehabt.“

„Nein, mein kleines Goldköpfchen, wer so unachtsam mit seinem Gelde umgeht, braucht nicht soviel.“

„Na“, meinte Erna, „wenn Onkel Kuno morgen für mich Zeit hat, wird er mir vielleicht auch was schenken. Denke mal, liebe Oma, der Tante Karla habe ich alles erzählt, aber sie hat mir gar nichts gegeben.“

„Ja ja“, lachte die Oma, „du hast uns gestern gesagt, wir seien keine sparsamen Leute, als du die Scherbenkiste durchstöbertest. Nun wollen wir dir beweisen, daß wir doch sparsame Leute sind, und darum können wir mit den Silberstücken nicht so herumwerfen.“

Da zog Klein-Goldköpfchen den Kopf zwischen die Schultern und ging davon.

Jungfer Allwissend

„So, – Onkel Kuno, jetzt bin ich in deiner Apotheke, und jetzt lasse ich mir alles zeigen, damit ich alles weiß."

„Willst du nicht lieber mit deiner neuesten Freundin, der kleinen Helga Petermann, spielen?"

„Bei der Helga war ich gestern nachmittag. Dort hat mich der Opa hingebracht, und dann hat der Herr Petermann vom Opa und von mir ein Bild gemacht, weil der Opa durchaus mich immer haben will, auch wenn ich wieder fort bin."

„Gewiß, Herr Petermann ist der beste Photograph am Ort."

„Ich habe mir dort auch alles angesehen. – Weißt du, Onkel Kuno, ich kenne doch ein photographisches Atelier, weil meine Mutti auch mal eins gehabt hat. Ich hab' ihm auch manchen guten Rat gegeben."

„Du? – So eine kleine Krabbe?"

„Nu, ich weiß doch vieles von der Mutti her."

„Einem erfahrenen Photographen kannst du doch keinen Rat geben, Erna. Sei nicht immer so vorlaut."

„Ach – du lieber Onkel Kuno, ich bin nicht vorlaut, ich mache nur, was mir der Väti gesagt hat. Ich soll mich überall umsehen, damit ich was lerne. Und nun will ich mich heute in deiner Apotheke umsehen, damit ich auch hier recht viel weiß."

„Na, Jungfer Allwissend, was möchtest du also hören?"

„Jungfer Allwissend! – Hahaha, Onkel Kuno, bin ich das?"

„Natürlich, wenn du dir einbildest, in alles deine kleine Nase stecken zu können, wenn du glaubst, jedem gute Ratschläge geben zu können, wird man dir sehr bald den Spottnamen ›Jungfer Allwissend‹ geben."

„Ist das ein Spottname?"

„Für ein kleines Mädchen von noch nicht acht Jahren ganz gewiß!"

„Dann bin ich eben nicht Jungfer Allwissend, sondern Klein-Goldköpfchen, und so sollst du mich auch nennen."

„Das wird darauf ankommen!"

„Was machst du denn da, Onkel Kuno?"

„Ein Rezept."

„Oh, ich weiß schon, da rührst du viele Sachen zusammen, tust alles in eine Flasche, und dann kriegt es der Kranke. – Kann ich dir nicht ein bißchen helfen?"

„Davon verstehst du gar nichts, Jungfer Allwissend!"

„Doch, Onkel Kuno, ein bißchen verstehe ich auch davon."

„Bitte schön", sagte der junge Apotheker und reichte seiner kleinen Nichte ein Rezept. „Lies das mal vor. Der Mann kommt in einer Viertelstunde und holt es ab."

Erna nahm den länglichen Zettel, sah oben den gedruckten Namen eines Arztes und dann lauter Worte, die sie gar nicht lesen, deren Buchstaben sie nicht einmal entziffern konnte.

„Hm –", machte sie altklug, „man könnte dem Mann etwas Pfefferminztee geben. – Onkel Kuno, das hier lies mal alleine!"

„Ich denke, du willst mir helfen?"

„Will ich auch", sagte Erna mit leichtem Trotz.

„Gut, so reiche mir alle Zutaten her, zusammenrühren werde ich sie allein."

Wieder nahm Erna den länglichen Zettel und fing an zu buchstabieren. Dann hob sie den Kopf und betrachtete genau die vielen weißen und gelben Gläser und Büchsen, die in den Fächern der Schränke standen.

„Adeps – Pasta Zinei – Terebinthina – Ungt. molle –, was das alles für komisches Zeug ist!"

„Da siehst du nun, Jungfer Allwissend, daß du wieder mal einen viel zu großen Mund gehabt hast. – Gar nichts weißt du! Mit dem Zettel verstehst du nichts anzufangen."

„Nein, Onkel Kuno, das stimmt schon, aber ich habe jetzt ja auch noch nichts von dir gelernt. Du hast immer keine Zeit für mich! Was ist denn das da oben, das Adeps?"

„Das dort oben sind alles Bestandteile für Medizinen, die man den Kranken zurechtmachen muß."

„Und was hast du dort in den vielen Kästen?"

„Dort sind allerlei Teesorten."

„Oh – das weiß ich! Pfefferminztee, – Baldriantee, Kamillentee – Onkel Kuno, wenn jetzt einer nach so 'nem Tee kommt, laß mich verkaufen. Ich weiß ganz genau, wie der Pfefferminztee riecht."

„In einer Apotheke darf ein kleines Mädchen nicht verkaufen."

„Wenn ich doch aber alle Tees ganz genau kenne?"

Onkel Kuno zog eine der Schubladen auf. „Was ist das, Jungfer Allwissend?"

Erna neigte sich über den Kasten und zog die Nase kraus. „Ein Stinktee!"

„Welchen Namen hat er?"

„Den Tee kenne ich nun gerade nicht, Onkel Kuno, du hast mir gleich das schwerste Rätsel aufgegeben. Alle anderen kenne ich!"

Der Apotheker zog einen zweiten Kasten auf. „Wenn du alle anderen Sorten kennst, bitte, – was ist das hier?"

„Ach – den kenne ich auch nicht. – Das wird wohl so ein Tee sein, der von Afrika oder noch von viel weiter herkommt. Ich kenne nur die, die überall auf den Wiesen wachsen, aber die kenn' ich alle!"

Eine dritte Schublade wurde aufgezogen. „Na, was ist das, du Naseweis?"

„Das ist auch so 'n Rätseltee."

„Nein, der wächst auf der Wiese. Du hast diese Pflanze schon oft blühen sehen."

„Ach, Onkel Kuno, du gibst mir immer nur so was Schweres auf."

„Gar nichts Schweres, du sagtest mir doch, du kennst alle Teearten unseres Landes. – Das hier ist Schafgarbentee, die Pflanze mit der weißen Blüte hast du schon häufig gesehen."

„Schafgarbe kenne ich ganz genau. – Na, Onkel Kuno, ich werde das alles schon noch lernen. Du mußt mir nur Gelegenheit geben, oft hier zu sein, dann weiß ich auch, was der Adeps und der Ungt. molle ist." Erna wies auf zwei weiße Porzellanbehälter, die in dem obersten Fach standen. Die Worte waren mit schwarzer Schrift aufgedruckt.

„Das brauchst du nicht zu wissen, aber ich werde dir jetzt einmal einen kleinen Spruch sagen, den werden wir gemeinsam lernen. Und wenn du wieder einmal bei dem Photographen Petermann oder bei mir in der Apotheke bist, erinnere dich des kleinen Verses."

„Na, das wird wohl kein schöner Vers sein."

„O doch, sogar ein sehr schöner Vers, Jungfer Allwissend. – Nun höre gut zu:

›Zwei Augen hab' ich, um alles zu sehen,
Zwei Füße, um überall hinzugehen,
Zwei Hände, um beide fleißig zu rühren
Und Speis' und Trank in den Mund zu führen.
Doch hab' ich nur einen einzigen Mund,
Damit ich nicht esse mehr als gesund,
Und nur eine einzige Nase auch,
Die ich nicht in alles stecken brauch'.‹"

Erna zog die Unterlippe herab. „Weiß schon, warum du mir das sagst, Onkel Kuno. – Wenn aber der Spruch meint, daß ich zwei Augen habe, um alles zu sehen, so muß ich mir doch ansehen, was in so einer Apotheke ist. Es gibt auch Frauen, die sind in einer Apotheke, und vielleicht werde ich auch mal so eine Frau, die in einer Apotheke verkauft. – Meine Mutti sagt immer, man soll schon frühzeitig alles lernen."

„Wenn du deiner Mutti in der Wirtschaft hilfst, beim Ordnungmachen und Staubwischen, wenn du kleine Handarbeiten machst, ist das sehr lobenswert, wenn du aber deine Nase in alles steckst, was dich gar nichts angeht, wird man dich bald nicht mehr leiden können."

„Na, da will ich mal lieber zu Herrn Petermann gehen und zur Helga. Du willst mir doch nicht alles zeigen."

„Ja, ja, gehe nur zur Helga. Außerdem wirst du heute noch die kleine Tochter von unserem Rechtsanwalt Arbert kennenlernen. Suse ist ein sehr verständiges Mädchen."

„Wo wohnt sie?"

„Ihr Vater hat sein Haus um die zweite Ecke herum. Hast du das große Schild noch nicht gesehen? Du machst doch sonst die Augen sehr weit auf."

„Ich geh' jetzt zur Helga." Mit diesen Worten verschwand Erna aus der Apotheke. Der Spruch des Onkels gefiel ihr gar nicht, auch hörte sie den Spottnamen „Jungfer Allwissend" gar nicht gern. Es klang viel schöner, wenn sie vom Opa „Klein-Goldköpfchen" genannt wurde.

Mit den Händen auf dem Rücken schlenderte sie um das Haus herum, hörte im Hofe etwas klappern, kam näher und sah den Hausdiener Adrian, der in zwei großen Wannen Gläser wusch.

„Immerfort haste zu waschen, Baldrian. Macht ihr denn so viele Gläser dreckig?"

„Ja, immerfort!"

Onkel Kuno war verstimmt, das hatte Erna wohl gemerkt. So wollte sie ihn wieder versöhnen und ihm beweisen, daß sie sich auch nützlich machen könne. Eben erst hatte er gemeint, daß sie, statt neugierig in der Apotheke umherzuschauen, im Haushalt helfen könne.

„Du, Baldrian, ich kann das hier machen, geh weg, ich mache das!"

„Nein, Klein-Goldköpfchen, das kannst du nicht."

„Baldrian, ich hab' noch 'ne Zigarette! Ach, bitte, lieber Baldrian, laß mich doch die Gläser waschen. Ich kann auch mit dem Pinsel drin herumfahren. Gib mir doch mal das Ding her!"

„Manches sind Giftgläser", sagte Adrian, um das Kind abzuwehren.

„Oh – – Giftgläser? – Sind sie so giftig, daß das Wasser dann auch giftig ist?"

„In manchen ist eine scharfe Säure gewesen, die beißt."

„Baldrian, darf ich mal meinen Finger ins Wasser stecken, ob es beißt?"

„Laß nur, Klein-Goldköpfchen, es sind Gläser dabei, die dürfen nicht zerschlagen werden."

Der gutmütige Hausdiener wies auf einige Gläser. „Dort war Gift drin."

„Ich hab' mir in der Apotheke oben alles genau angesehen, aber den Ort, wo das viele Gift steht, habe ich nicht gesehen. – Du, ist vielleicht der Adeps, der ganz oben steht, Gift?"

„Nein, das Gift steht verschlossen in einem Schrank. Dort darf niemand heran."

„Wo ist denn der Schrank? In der Apotheke is' ein großer Schrank, dahinter standen viele Schachteln."

„Nein, der Schrank ist in dem anderen Raum, hinter der Apotheke."

„Ach, komm mit, Baldrian, wir gehen durch die Hintertür in die hintere Apotheke, dann zeigst du mir den Giftschrank. – Ich helf' dir schnell." Schon hatte Erna die Händchen ins Wasser getaucht, nahm ein Glas und den im Wasser schwimmenden Pinsel und begann eifrig zu bürsten. Adrian stand neben ihr und lachte.

„Du wirst mal eine gute Hausfrau werden, Klein-Goldköpfchen. Wer dich heiratet, der hat es gut!"

„Ja, – das glaube ich auch. – Du, ich kann schon alles! Ich kann nähen, abtrocknen, ich arbeite furchtbar viel für meine Puppenkinder, und den kleinen schreienden Bengel, den Harald, kann ich spazierenfahren. – Na, und dann sollste mal sehen, wenn ich zu Hause bin! Ich brauche nur mit dem Finger zu drohen, da sind alle meine Bengel und alle meine Mädel furchtbar artig. – Na, die hab' ich in der Gewalt und – – aber Baldrian, das darfst du keinem sagen. Mein Vati macht auch immer, was ich will. Nur die Mutti will nicht so. Trotzdem ist die Mutti sooo lieb!“

Erna nahm ein großes Glas aus der Wanne, da rutschte es auch schon aus ihren Händen, fiel auf das Steinpflaster und zerbrach. Sie wurde blaß vor Schreck.

„Ist das ein teures Giftglas?“

„Es ist immerhin ein ziemlich wertvolles Glas. Laß es nur sein, ich werde die Arbeit lieber allein machen. Es ist nicht gut, wenn man überall seine Nase – –“

„Ich weiß schon“, Erna begann zu weinen, „du kennst den Spruch vom Onkel Kuno auch. – Ich wollte dir doch nur zeigen, daß ich auch zwei Hände hab', die ich fleißig rühre.“

„Weine mal nicht“, tröstete der weichherzige Adrian, „es ist ja nicht so schlimm. Wir haben genug Gläser, manchmal geht eins kaputt.“

„Ist es wirklich nicht so schlimm?“

„Nein, Klein-Goldköpfchen. Nachher zeige ich dir den Giftschrank.“

Geduldig stand das Kind neben Adrian, bis er seine Arbeit beendet hatte. Sie wollte ihm sogar helfen, einige der gesäuberten Gläser in die Apotheke zu tragen, doch Adrian wehrte ab.

„Das mache ich lieber allein.“

„Geh aber ganz leise, damit uns Onkel Kuno nicht hört, sonst schmeißt er uns wieder raus und sagt, ich stecke meine Nase überall hin, – auch in den Giftschrank.“

Der Giftschrank enttäuschte Erna gewaltig. Es war ein kleiner Schrank mit einer festen Tür, durch die sie nicht sehen konnte.

„Baldrian, kannst du ihn nicht ein ganz kleines bißchen aufmachen?“

„O nein, den Schlüssel hat nur der Onkel Apotheker."

„Und hier dahinter ist ein furchtbares Gift?"

„Ein ganz schreckliches Gift."

„Ach, da wollen wir lieber wieder weggehen!" sagte das Kind ein wenig ängstlich.

So begab sich Erna zurück in den Hof. Sollte sie die Großeltern um Erlaubnis fragen, zu Helga Petermann gehen zu dürfen? Oder sollte sie sich erst einmal das große Schild ansehen, von dem Onkel Kuno gesprochen hatte? Im nächsten Augenblick war Erna aus dem Hofe gehuscht, bog in die nächste Querstraße ein und stand bald vor einem hübschen Hause mit einem großen Porzellanschild, „Dr. Arbert, Rechtsanwalt und Notar."

„Notar, – Notar – –" lachte sie hell auf, „das ist doch der urkundige Beamte aus meinem Kreuzworträtsel. – Oh, jetzt habe ich wieder was zugelernt. Wenn ich heute das kleine Mädchen von ihm kennenlerne, werde ich sie genau ausfragen, was das für ein kundiger Beamter ist."

Sie kehrte wieder in die Apotheke zurück, um sich die Erlaubnis zu holen, Helga Petermann besuchen zu dürfen und mit ihr zu spielen. Es war wohl besser, wenn sie sich an den Opa wandte, der würde ihr nichts abschlagen.

Im Flur traf sie mit Rosine, dem Hausmädchen, zusammen. „Wo ist denn mein Opa, du Rosinenkuchen!"

„Er ist eben in den Keller gegangen, ich habe gesehen, wie er über den Hof ging."

Blitzschnell wandte sich Erna um. Wenn der Großvater in den Keller ging, mußte sie dabei sein. Er ging sicher wieder zu den Fässern mit dem schönen süßen Wein. Die Kellertür war nur angelehnt, Erna huschte hinein und stieg, da alles hell erleuchtet war, die zehn Stufen hinunter. Sie hörte den Großvater mit Adrian reden.

„Zehn Flaschen Sauerbrunnen, Herr Wagner. Soll ich nicht auch noch den Sprudel mit hinaufnehmen? Heute kommt doch Frau Triesen, die ihn braucht."

„Ja, Adrian, nehmen Sie gleich einige Flaschen Sprudel mit hinauf."

Erna ging nicht in den hinteren Keller, sie faßte nach der Klinke jener Tür, hinter der die Fäßchen mit dem süßen Wein waren. Die Tür war nicht verschlossen, der Schlüssel steckte im Schloß. Anscheinend war der Großvater schon hier gewesen und wollte nochmals zurückkehren.

„Jetzt mache ich den Teufel", lachte Erna in sich hinein, „ich verstecke mich hinter ein Faß. – Au, das macht Spaß!"

Sie ging in den Raum hinein, zog die Tür hinter sich zu und kroch in dem nur wenig erhellten Raume in die hinterste Ecke. Dort kauerte sie mäuschenstill hinter einem Mauervorsprung und wartete auf das Eintreten des Opas. Sie zog das Schürzchen über den Kopf, der Großvater sollte sie nicht sogleich erkennen.

„Hu – hu –" brummte sie leise, „ich bin der Teufel, – gib mir ein Gläschen von dem süßen Wein, – hu – hu, ich bin der Teufel."

Dort drüben, das kleine Fäßchen enthielt das süße Getränk. Ob sie an dem Hahn mal ein bißchen drehen sollte? Noch saß Erna artig in der Ecke; sie wußte genau, daß dieses Drehen ein Unrecht war. Der Wein gehörte dem Großvater, sie durfte davon nichts nehmen.

Die Zeit verrann. Allmählich wurde es dem Kinde langweilig, es kam aus der Ecke hervor, schritt zur Tür und klinkte daran, – doch die Tür ließ sich nicht öffnen.

„Opa – –!" Die Stimme Ernas hallte laut in dem Gewölbe wider. „Opa, – mach doch auf! – Opa! – – Baldrian! – – Oma! – – Onkel Kuno! – – Opa – – Opa! – –"

Niemand schien ihr Rufen zu hören.

„Ich fürchte mich nicht“, sagte sie laut, „der Opa wird gleich wiederkommen und mich holen. – Hier ist kein Teufel, hier ist nur der gute Wein.“

Mit den Händchen strich sie über eines der Fäßchen.

„Du bist der gute Wein. Weil ich so alleine bin, kannst du mal ein ganz kleines bißchen tropfen.“

Es war ein Leichtes, den Hahn zu erreichen.

„Opa, komm doch, oder ich hole mir ein ganz kleines bißchen Wein.“ Nochmals versuchte Erna, die Tür zu öffnen, trommelte mit beiden Fäusten gegen das Holz, aber Wagner und Adrian hatten längst den Keller wieder verlassen. Sie wußten ja nicht, daß ihnen das kleine Mädchen gefolgt war.

„Du wirst schon kommen“, sagte Erna, sich künstlich beruhigend, „bis dahin laß ich mir den Finger betropfen.“ Sie drehte den Hahn auf. Im nächsten Augenblick schoß ein Strahl des süßen Tokaiers auf die Erde. Erna hatte viel zu hastig gedreht. Rasch machte sie den Hahn wieder zu, dann tauchte sie das Fingerchen in die Pfütze, die auf dem Boden entstanden war und führte es zum Munde.

„Hm – das schmeckt aber gut!“

Der Wein versickerte rasch zwischen den Ziegelsteinen, mit denen der Keller gepflastert war. So gab es bald nichts mehr zu lecken. Da mußte sie den Hahn ganz behutsam nochmals aufdrehen. Das gelang den geschickten Fingern des Kindes. Tropfenweise kam der Wein aus dem Faß heraus. Mit der hohlen Hand fing Erna die Tropfen auf, schleckte immer wieder die Hand leer und fand es herrlich, ungestört die süße Flüssigkeit trinken zu dürfen.

„Wollen mal sehen, was in den anderen Fäßchen ist.“

Dort drüben war ein ganz großes Faß. Auch dessen Hahn war zu erreichen. Wieder drehte Erna behutsam den Hahn um, und wieder fielen Tropfen in die hohle Hand.

„Ätsch, pfui Teufel!“ Daß Essig in dem großen Faß war, hatte die Kleine nicht gewußt. Sie rieb die feuchte Hand an der Schürze ab und kehrte zu dem Fäßchen mit dem schönen süßen Wein zurück, um erneut einige Tropfen zu schlürfen.

„Opa – – Opa – – komm doch!“

Der süße Wein schmeckte plötzlich nicht mehr. Erna stand an der Tür. Da war es ihr, als vernehme sie in dem fast dunklen Raume leises Knistern.

„Opa“, rief sie ängstlich, „hier ist was! – Opa, so komm doch!“

Noch immer kam niemand, sie zu befreien. Da füllten sich die Kinderaugen mit Tränen. Außerdem war ihr plötzlich so komisch. Der für ein Kind zu reichlich genossene süße Wein machte sich bemerkbar, vielleicht war es auch die immer größere Angst, die sich schwer auf ihr Herz legte.

„Opa! – –“

Erna schlug so hart gegen die Tür, daß ihr die Händchen weh taten. Aber es war unmöglich, das Kind zu hören, da der Keller auf der anderen Seite des Hofes lag und tief in die Erde gegraben war.

Oben in der Apotheke vermißte zunächst niemand das kleine Mädchen. Man glaubte, sie sei mit der Tante Karla im Stadtpark oder bei Helga Petermann. Als es Mittag wurde, als Karla erklärte, sie habe Klein-Goldköpfchen nicht gesehen, ging Wagner besorgt zu dem Photographen, aber auch dort wurde ihm die Auskunft, daß Erna nicht hier gewesen sei.

Unruhig lief man durch das große Haus, fragte sogar die Nachbarn, aber keiner vermochte Auskunft über Erna zu geben. Der gegenüberwohnende Kaufmann sagte, er habe die kleine Erna fortgehen sehen, doch sei sie gegen elf Uhr wieder zurückgekommen. Das Hausmädchen Rosine bestätigte, daß Erna gegen elf Uhr im Hause gewesen und nach dem Großvater verlangt habe.

Man lief in den Garten, in den Hof, öffnete die Tür der Garage, stieg hinauf in die kleine Oberwohnung, von dem Kinde war nichts zu sehen. Großpapa Wagner war in größter Aufregung. Sein Liebling war verloren gegangen. War der Kleinen ein Unglück zugestoßen? Laut rufend ging er nochmals durch Haus und Garten. Eine Antwort kam nicht. An das Mittagessen dachte er nicht, er hätte vor Angst und Aufregung auch keinen Bissen herunterbringen können.

„Ich gehe rasch zur Polizei, um nachzufragen."

Auf der Polizei ließ man sich alles erzählen, gab auch die Versicherung ab, daß man nach dem Kinde suchen werde; trotzdem kehrte Wagner voller Unruhe heim.

Da kam gegen zwei Uhr eine Kundin in die Apotheke, die einige Flaschen Helenenquelle kaufen wollte.

„Ich gehe rasch hinunter in den Keller", sagte Kuno. Er schloß den Keller auf und holte die Flaschen. Kuno wußte selbst nicht, warum er plötzlich laut und deutlich den Namen der kleinen Erna rief. Hier unten konnte sie unmöglich sein.

„Erna, – Erna – –"

Das erwachende Kind rieb sich die Augen. – Wo war sie nur? Das war doch nicht das weiche Bett in Heidenau?

„Mutti – –" rief sie schlaftrunken, „Mutti!" Wo war sie nur?

„Erna, – Erna", klang es da wieder.

„Väti – – Väti – –"

Kuno horchte auf. Welch klagender Ton schlug an sein Ohr? Das Wimmern kam aus dem vorderen Keller, in dem die Weinfässer lagerten.

„Opa – – Opa – –"

Es war dem erwachenden Mädchen inzwischen zum Bewußtsein gekommen, daß es im Keller eingeschlossen war. Erna war von dem Lecken des Süßweines plötzlich müde geworden und eingeschlafen. Auf den harten Ziegeln lag sie lang ausgestreckt. Jetzt richtete sie sich empor und ließ erneut ihre lauten Rufe ertönen: „Opa – Opa – –"

Kuno zog den anderen Schlüssel hervor, öffnete die Tür. Da taumelte ihm die kleine Erna entgegen, das Gesicht überronnen von Tränen.

„Opa, – – Onkel Kuno – – die Tür war zu!“

„Ach, du armes, liebes Ding“, sagte der Onkel voller Mitleid, „wie lange bist du denn hier unten eingeschlossen?“

„Furchtbar lange, – ach, Onkel Kuno!“ Erna schluchzte herzbrechend. Tränen strömten aus ihren Augen, der kleine Körper bebte vor Erregung.

„Komm, mein kleiner Liebling, wie bist du denn in den Keller geraten?“

Aber Erna vermochte setzt keine Auskunft zu geben. Sie schluchzte immer lauter, und Kuno wischte ihr die unsauberen Wangen mit seinem Taschentuche ab.

„Sie ist wieder da, ich habe sie gefunden“, rief er, ins Wohnzimmer tretend.

Da waren schon der Großvater, die Großmutter, Tante Karla, der Adrian und die Rosine. Ein jeder sagte dem Kinde Liebes und Freundliches, jeder tröstete, so gut er konnte. Erna aber weinte noch immer, sie konnte sich gar nicht beruhigen. Erst als man viel später erfuhr, daß sie den Hahn des Weinfasses geöffnet, an dem Tokaier geleckt und dadurch sehr müde geworden war, sagte die Großmutter sanft:

„Da hast du gleich deine gerechte Strafe bekommen, mein Kind.“

Onkel Kuno zupfte das kleine Mädchen an dem Ohr und sagte: „Doch hab' ich nur einen einzigen Mund, damit ich nicht trinke, mehr als gesund. Und nur eine einzige Nase auch, die ich nicht in alles zu stecken brauch'. – Wirst du es dir nun merken, Jungfer Allwissend?“

Der Hexenmeister

„Darf ich gleich jetzt zu Suse Arbert gehen? Sie weiß immer so schöne Sachen zu erzählen.“

„Jawohl, Klein-Goldköpfchen“, sagte Frau Wagner erfreut, „Suse ist ein liebes Mädchen.“ Die Großmutter war froh, wenn Erna hin und wieder mit Kindern spielte. Wenn auch Suse, die Tochter des Rechtsanwaltes, beinahe vier Jahre älter war als Erna, so paßten die beiden Kinder doch vortrefflich zueinander. Suse hatte eine kindliche Art, wußte gut zu erklären, und die wißbegierige Erna lauschte freudig den Worten der Älteren.

Da Rechtsanwalt Arbert ebenfalls einen großen Garten hatte, konnte man sich auch dort reichlich austollen. Zu Frau Arbert hatte Klein-Goldköpfchen rasch Vertrauen gefaßt, vor allem gab es stets eine wunderschöne Speise.

Als Erna in das Haus des Rechtsanwaltes kam, vernahm sie die laute Stimme Suses: „Heute darf ich mit zum Hexenmeister!“

Klein-Goldköpfchen horchte auf. Zu einem Hexenmeister wollte Suse gehen? Was war das für ein Mann?

„Jawohl, du kannst mit Agnes gehen. Bleibt aber nicht zu lange. Ich weiß, daß du den armen Alten nicht in Ruhe lassen kannst.“

Da war Klein-Goldköpfchen schon im Zimmer, begrüßte die Anwesenden artig und fragte dann sogleich: „Kann ich auch mit zum Hexenmeister gehen? Ist er ein schlimmer oder ein guter Mann?“

Frau Arbert lachte. „Er ist ein harmloser alter Mann, der in Dillstadt wohnt. Er weiß, daß er in jedem Monat von uns eine Spende bekommt.“

„Warum ist er ein Hexenmeister?“

„Er kann zaubern“, sagte Suse, „was macht der alles für komische Sachen! Er holt Geld aus der Luft, er zerschneidet einen Strick, der dann wieder heil ist. – Und ein Ei hat er, das kann er schief auf den Tisch stellen. – Es ist sehr schön beim Hexenmeister!“

„Wenn er Geld aus der Luft holen kann, warum holt er sich dann kein Geld? – Warum ist er dann arm?“

„Das ist doch Zaubergeld“, meinte Suse, „von dem Geld kann er sich nichts kaufen.“

„Kann ich mitkommen zum Hexenmeister?“

„Da wirst du erst einmal deine Großeltern fragen müssen.“

„Ich frage sie gleich! – Suse, warte noch, ich bin gleich wieder da, und dann komme ich mit zum Hexenmeister.“

Schon war Klein-Goldköpfchen davongelaufen, eilte die Straße hinab, um die Hausecke herum und rief erregt nach dem Großvater. Der Opa würde es gewiß erlauben, er tat ihr ja gerne jeden Gefallen.

„Opa, bitte, laß mich zum Hexenmeister gehen! Die Suse geht gleich zum Hexenmeister, und ich möchte so gerne mitgehen.“

Apotheker Wagner lachte. „Da gebe ich mir nun ehrlich Mühe, dir den Hexenmeister zu verschweigen. Im vorigen Jahr habe ich euch nichts von ihm erzählt, weil ich fürchtete, daß ihr alle zu hexen anfangen würdet. Und nun erfährst du doch von ihm.“

„Opa, wenn ich Geld aus der Luft hexen könnte, das wäre fein! Dann hexe ich mir meine drei blitzenden Markstücke wieder in die Tasche. – Ach, Opa, ich habe doch solches Herzeleid, daß die Tasche immer noch leer ist. Wenn ich reingucke, sind gar keine blitzenden Markstücke da, nur so ein bißchen Geld – –. Ach, Opa, das müßte doch geändert werden!“

„Der Hexenmeister wird dir auch nicht helfen können. Er ist ein armer Mann.“

„Wenn ich Hexenmeister wäre, wäre ich kein armer Mann. – Opa, nun muß ich ganz schnell laufen, sonst geht die Suse allein.“

„Na, dann warte mal noch einen Augenblick, Klein-Goldköpfchen. Wenn du doch zu Herrn Ikoraha gehst, so nimm ihm ein Fläschchen Wein mit. Er soll es zur Stärkung haben.“

„Ist er schwach?“

„Er ist ein alter Mann, der nicht mehr viel Kräfte hat. Außerdem ist er arm, denn seine einzige Tochter verdient auch nicht viel.“

„Opa, ich muß nu' gehen, gib schnell die Flasche her!"

„Wenn du so energisch befiehlst, Klein-Goldköpfchen, muß der Opa rennen." Er ging mit dem Kinde in die Apotheke, nahm eine Flasche kräftigen Wein aus dem Regal und reichte sie Erna. „Aber ja nicht fallen lasten, recht gut aufpassen."

„Opa –" sagte die Kleine vorwurfsvoll, „bin ich ein kleines, dummes Mädchen?"

Schon lief sie davon.

Suse stand wartend im Hausflur, sie hatte ein Körbchen am Arm. Schließlich erschien das Hausmädchen Agnes, die eine vollgepackte Einkaufstasche trug.

„Nun können wir gehen."

Die drei machten sich auf den Weg. „Erzähle mir vom Hexenmeister. Wie sieht er aus? – Was macht er?"

„Laßt den alten Mann in Ruhe", sagte Agnes. „Herr Ikoraha ist einstmals ein bekannter Zauberkünstler gewesen, der in der Welt umherreiste und seine Vorstellungen gab. Hexen und zaubern kann er natürlich nicht, das kann kein Mensch. Aber er hat eben große Geschicklichkeit, so sieht es aus, als könnte er zaubern."

„Er hat aber einen Zaubernamen."

„Er ist ein Grieche, lebt aber schon sehr lange im deutschen Vaterlande. Nun ist er alt und schwach geworden und hat sich in Dillstadt niedergelassen."

„Du, Agnes, zaubert er noch?"

„Nein, schon lange nicht mehr. Seine Tochter, auch schon eine ältliche Frau, geht als Kochfrau in die verschiedensten Häuser und verdient dadurch das, was die beiden brauchen. Es langt nicht immer, besonders im Sommer ist das Geld mitunter recht knapp, weil man dann eine Kochfrau nicht so oft braucht. So helfen mehrere Familien den beiden Leuten durchzukommen."

„Manchmal zaubert er doch noch“, sagte Suse. „Wenn ich hinkomme, zeigt er mir immer etwas. – Na, du wirst staunen!“

Der ehemalige Zauberkünstler Ikoraha hatte zwei bescheidene Stübchen inne. Seine fünfzigjährige Tochter besorgte den kleinen Haushalt und brachte sich ehrlich und redlich durchs Leben. Ikoraha selber war durch Krankheit reichlich geplagt, so daß es ihm unmöglich war, seinen Beruf noch weiter auszuüben. Trotzdem erhielt er viel Besuch, denn gerade die Jugend ließ sich gerne von ihm eines seiner Kunststücke vormachen.

Erna war sehr enttäuscht, als sie den Hexenmeister sah. Sie hatte geglaubt, er werde ihr in einem bunten Gewande entgegentreten, eine spitze Mütze auf dem Kopfe und ein besonderes Gesicht haben. Aber nichts von alledem. Ikoraha war ein alter Mann in einer dunklen Hausjoppe, Filzschuhe an den Füßen, schneeweißes Haar auf dem Haupte, mit einem Gesicht, wie es viele alte Männer hatten. Er sprach auch nur so, wie andere Männer. Er bedankte sich mit herzlichen Worten für die freundlichen Gaben und drückte auch Erna die Hand.

„Das hier ist meine Freundin, die in Dillstadt zu Besuch ist“, sagte Suse, „sie möchte so gerne mal sehen, wie Sie das Geld aus der Luft holen.“

Der alte Mann erhob sich, trat an einen Schrank, öffnete ihn und suchte in einigen Kästen. Dann kam er zu den beiden Kindern zurück.

„Da – nun schaut einmal meine Hände an, sie sind leer.“ Dabei hielt er den Kindern seine geöffneten Hände hin, so daß sie die leeren Handflächen sahen. Plötzlich griff er Erna an die Nase und hatte zwischen den Fingern ein blitzendes Fünfmarkstück. Das steckte er in seine Rocktasche. Dann zeigte er wieder seine beiden leeren Handflächen, griff Suse ans Ohr, holte wieder ein Fünfmarkstück heraus und steckte es ein. Dann griff er nach Ernas Daumen. Da war schon wieder ein Fünfmarkstück. So ging es ein Weilchen fort.

Erna kam aus dem Staunen nicht heraus. Wo holte der alte Mann die vielen Geldstücke nur her? Bald griff er in die Luft, bald an die Tischdecke, und überall fand er ein Fünfmarkstück.

„O – kannst du aber zaubern!“

„Nun will ich euch noch etwas anderes zeigen.“ Abermals ging Ikoraha zum Schrank. Dann zeigte er den beiden Kindern ein weißes Taschentuch. Er nahm es in die Hand, zog einen Zipfel daraus hervor und schnitt mit der Schere den Zipfel ab. Dann faltete er das Tüchlein auseinander. – Es war unversehrt.

Erna staunte. So etwas war ihr in ihrem Leben noch nicht vorgekommen! „Schneide noch 'nen Zipfel ab!“

Der Zauberkünstler nahm das Taschentüchlein erneut in die Hand, knillte es zusammen, zog zwischen zwei Fingern einen Zipfel hervor und schnitt ihn ab. – Auch jetzt war das Taschentuch wieder völlig unversehrt, das er den Kindern zeigte.

„Noch mehr, noch mehr“, riefen die beiden.

Dann holte er eine Streichholzschachtel, entnahm ihr ein Streichholz, zündete es an, – es brannte wie jedes Streichhölzchen.

„Jetzt werde ich den Hölzchen gebieten, daß sie nicht mehr brennen. Er schwenkte die kleine Schachtel mehrmals durch die Luft und ließ Suse ein Hölzchen herausnehmen. Sie versuchte es anzuzünden, – es gab einen leisen zischenden Laut von sich, glimmte kurz auf und verlöschte dann gleich wieder. Auch Erna versuchte es, – die Hölzchen brannten nicht.

„Ach, bitte“, sagte Suse, „sagen Sie doch den Hölzchen, daß sie wieder brennen sollen.“

Abermals schwenkte der Zauberer die kleine Schachtel durch die Luft. „Jetzt sollt ihr wieder brennen“, sagte er. Als nun Suse und Erna je ein Hölzchen entzündeten, brannten sie lichterloh.

Die Kinder saßen lange und berieten, wie solche Zauberei wohl zu machen sei.

„Ich will euch eine Freude machen“, sagte Ikoraha, „deine Eltern, kleine Suse, sind immer sehr gut zu mir, und auch dieses kleine Mädchen mit den goldenen Haaren gefällt mir sehr gut. Ich werde euch jedem eine kleine Zauberei schenken, die könnt ihr euren Eltern vormachen. Nun paßt einmal recht gut auf."

Wieder ging er zu dem Schrank und holte ein Markstück hervor, an dem eine offene Klammer fest angelötet war. Diese kleine Klammer, die die Farbe der Haut hatte, streifte Ikoraha über den Zeigefinger Ernas, und zwar derart, daß das Markstück auf dem Nagel des Zeigefingers stand.

„Wenn du jetzt deine Hände öffnest und nur die Innenflächen deinen Geschwistern zeigst, sieht es aus, als wären deine Hände leer. Die Klammer, die das falsche Geldstück hält, sieht man ja nicht. Wenn du jetzt mit der geöffneten Hand an die Nase deines Bruders oder deiner Schwester faßt und die Hand rasch schließt, kommt das Markstück zum Vorschein, und es sieht aus, als hättest du das Markstück zwischen den Fingern. Dann gibst du vor, du steckst das Geldstück in die Tasche, es bleibt aber ruhig auf deinem Finger sitzen. So kannst du immer wieder, wenn du die Hand schließest, ein Geldstück greifen. – Komm, wir wollen es gleich einmal versuchen."

Erna jubelte hell auf. Der Hexenmeister hatte recht! Wenn sie die Hand mit der Innenfläche nach oben hielt, sah man das blitzende Markstück nicht. Wenn sie die Hand aber schloß, saß es gerade auf dem Finger. Sie griff Suse an die Nase, es klappte herrlich! Sie holte das Markstück aus der Luft, und wieder gelang es.

„Oh – nun kann ich hexen", jauchzte sie.

„Jetzt kommst du an die Reihe, kleine Suse. – Schau her, hier habe ich ein Taschentuch, und hier habe ich noch ein Stückchen Leinwand, das ist auch gesäumt und sieht einem Taschentuchzipfel ähnlich. Dieses Stückchen Leinwand habe ich aber schon in der Hand, wenn ich das andere Taschentuch hineinlege. – Nun ziehe ich vorsichtig den Zipfel, der nicht zu dem kleinen Taschentuch gehört, zwischen den Fingern durch, schneide ihn mit der Schere ab, behalte nur ein Stoffrestchen in der Hand, das ich rasch in der Hand verberge und zeige euch das unversehrte Taschentuch. – Komm, wir wollen es gleich einmal versuchen."

Es gelang herrlich! Der Hexenmeister zog das Zipfelchen zwischen Suses Fingern heraus, sie schnitt es ab, behielt den Stoffrest in der Hand und konnte das ganze Taschentuch zeigen.

„Und wie ist das mit den Streichhölzern? Können wir das auch erlernen?“ forschte Erna.

„Das wird schon ein bißchen schwierig. Schaut her. Hier habe ich zwei kleine Schachteln, die einen brennen überhaupt nicht, sie sind von vornherein so hergerichtet, die anderen, die in einer ganz gleichen Schachtel liegen, sind richtige Zündhölzer. Wenn ich nun die Schachtel durch die Luft schwenke, verwechsle ich sie rasch mit der anderen Schachtel, die ich geschickt verborgen halte. Dazu gehört schon viel Fingerfertigkeit, die ihr nicht habt.“

„Könnten Sie uns nicht so 'ne Schachtel mit Zündhölzern schenken, die nicht brennen“, bat Suse.

„Ich bringe Ihnen sehr bald wieder eine Flasche süßen Wein“, sagte Erna, „ach, bitte, schenken Sie mir doch auch so eine Schachtel. Ich habe einen Haufen Kinder zu Hause in Heidenau. Wenn ich zurückkomme, möchte ich dann auch ein Hexenmeister sein.“

Der gutmütige Alte erfüllte die Bitten der Kinder. Nun konnten sie nicht rasch genug heimkommen, denn jedes wollte seine Zauberkünste zeigen.

„Opa – Opa – ich kann hexen!“

Mit diesem Ruf stürmte Klein-Goldköpfchen ins Wohnzimmer. „Soll ich dir was vorhexen, Opa?“

„Das habe ich mir gedacht“, sagte Herr Wagner. „Nun wird bald in der Apotheke alles verhext sein!“

„Ich weiß schöne Sachen, Opa, – ich kann ganz alleine hexen und zaubern.“

„Ich kann auch zaubern.“

„Wirklich, Opa?“

„Freilich!“

„Na, dann hexe mal, und dann zeige ich dir, was ich hexen kann."

Apotheker Wagner lachte. „Also paß gut auf." Auf der Anrichte stand eine Schüssel mit Himbeeren. Wagner nahm eine Himbeere, legte sie neben die Schüssel auf die Marmorplatte, nahm eine zweite, eine dritte und eine vierte. Die Beeren lagen in größerer Entfernung voneinander. „Nun hole ich meinen Hut, und unter meinen Hut lege ich noch eine Himbeere. Dann werde ich dir vorhexen, daß alle Himbeeren unter meinen Hut kommen."

„Ach, Opa, das kannst du nicht, oder du mußt die Himbeeren unter den Hut schieben."

„Ich werde dir beweisen, Klein-Goldköpfchen, daß ich auch hexen kann." Wagner holte seinen Hut und stülpte ihn über eine der Himbeeren. „Jetzt paß gut auf! Im nächsten Augenblick bringe ich alle diese Himbeeren unter meinen Hut."

Erna kniff die Augen zusammen und stellte sich neben den Großvater. Wagner nahm seinen Hut und setzte ihn auf den Kopf.

„Paß jetzt gut auf", wiederholte er, „alle diese Himbeeren kommen jetzt unter meinen Hut. Dabei nehme ich den Hut nicht vom Kopf."

Klein-Goldköpfchen klatschte lachend in die Hände. „Opa, ich passe ganz genau auf!"

Da nahm Wagner die erste Beere, steckte sie in seinen Mund, dann folgten die anderen Beeren. – „So –" sagte er lachend, „hast du nun gesehen, daß alle Himbeeren unter meinem Hute sind? Ich habe also auch gezaubert."

„Unter deinem Hut? Ach, Opa, du hast sie doch gegessen, sie sind doch nicht auf deinem Kopf unter dem Hut!"

„Das habe ich ja nicht gesagt! Ich sagte nur: daß diese Himbeeren unter meinem Hute sein werden. Wenn ich sie in den Mund stecke, sind sie doch unter meinem Hut. – Stimmt das?"

„Ja, Opa, das stimmt schon, aber das ist doch keine Zauberei. Ich kann aber ganz richtig zaubern. – Warte mal, gleich geht es los!“ Erna ging in die Ecke des Zimmers, schob das Markstück mit der Klammer auf den Finger und hielt dann den Großeltern die leeren Handflächen hin: „Hier, meine geehrten Herrschaften, sehen Sie, daß ich nichts in der Hand habe. Ich werde Ihnen jetzt gleich mal Geld herzaubern. Ach, da hängt dem alten Apotheker ja ein Geldstück an der Nase!“

„Au“, rief Wagner, denn Erna hatte ihn mit dem Markstück kräftig gegen den Mund gestoßen.

„Da, – meine geehrten Herrschaften, sehen Sie das Markstück.“

„Wirklich“, staunte Frau Wagner. „Du kannst tatsächlich hexen.“

„Ach je, – Oma, dir hängt ja auch ein Markstück an der Nase!“

„Nicht so hitzig, Klein-Goldköpfchen, mir tut ja die Nase weh, wenn du so daran reißt.“

„Ach – da auf der Tischdecke liegt noch ein Markstück, – und da in der Luft ist noch eins!“

Da Klein-Goldköpfchen die Zauberei nicht geschickt ausführte, hatten Wagners längst das festgeklemmte Geldstück an dem Finger bemerkt. Trotzdem wollten sie ihrem Enkelkinde den Spaß nicht verderben.

„Kannst du immer mehr Geldstücke aus der Luft zaubern?“

„Freilich, Opa! – Da aus deinem Kopf kommt eins raus. – Sieh her! – Und an deinem Schlips hängt auch eins. – Guck her!“

„Ist das wirkliches Geld?“

„Natürlich!“

„Das freut mich aber. – Da hast du ja jetzt so viel Geld, daß ich dir kein Markstück zu schenken brauche. Ich wollte dir gerade heute eins geben, weil – dir doch – deine drei blanken Markstücke gestohlen worden sind. – Nun kannst du dir ja viel mehr Geld beschaffen, als ich überhaupt habe. So werde ich meine blanke Mark wieder behalten.“ Bei diesen Worten steckte Wagner seine Börse, die er bereits gezogen hatte, wieder in die Tasche.

„Opa“, rief Klein-Goldköpfchen rasch, „die blanke Mark kannst du mir auch noch geben.“

„Nein, nein, du hast jetzt soviel richtiges Geld herbeigezaubert, da brauchst du mein Geld nicht mehr.“

„Ach, lieber Opa, das ist doch nur – – Hexengeld. Dafür kann man nichts kaufen.“

„Und ich denke, es ist richtiges Geld, – du hast es mir doch eben gesagt.“

„Nein, Opa, es ist wirklich kein richtiges Geld, – ich hab' das nur so gesagt. – Bitte, schenke mir die Mark.“

„Nein, Klein-Goldköpfchen, das geht nun nicht. Ich habe das von dem Markstück auch nur so hingesagt – –“

„Ach, lieber Opa – –“

„Ja ja, Klein-Goldköpfchen, – das ist nun mal so. Man muß sich seine Worte vorher immer gut überlegen. – Und nun hexe deine Geldstücke weiter.“

Da saß Erna dem Großvater schon auf den Knien. „Mein lieber Opa“, sagte sie schmeichelnd, „guck dir doch mal die dumme Hexerei genau an.“ Sie zeigte ihm den Finger, auf dem das Markstück mit der Klammer steckte. „Ist doch alles nur Schwindel! Ich habe euch nur einen Spaß vormachen wollen. Haste Spaß gehabt, mein lieber Opa?“

„Aber freilich!“

„Opa, – der Hexenmeister hat gesagt, früher, als er noch gesund war, hat er den Leuten mit seiner Hexerei viel Spaß gemacht. Die Leute haben Eintrittsgeld bezahlt, wenn sie zu ihm kamen. Und wenn ich euch nun auch eine Zaubervorstellung gemacht habe – –“

„Na, für eine Zaubervorstellung war es recht wenig.“

„Warte, Opa“, Erna sprang von seinen Knien herunter, „ich weiß noch mehr. Wenn ich dann meine Zaubervorstellung mache, zahlst du Eintrittsgeld. Ich komme gleich wieder, ich hole nur was.“

„Will mal sehen.“

Erna nahm aus ihrem Schrank ein Taschentuch, dann lief sie zu Baldrian und fragte ihn, ob er nicht ein Stückchen weißen Stoff habe.

„Freilich habe ich den.“ Er brachte ein Stück Mullbinde, das Erna begeistert nahm. „Gib mir auch noch eine Schere.“

„Messer, Gabel, Schere, Licht sind für kleine Kinder nicht.“

„Du“, rief Klein-Goldköpfchen und reckte sich hoch auf, „ich bin kein kleines Kind mehr!“

„Laß dir die Schere von deiner Großmutter geben, sonst fällst du damit noch hin.“

Erna kam ins Wohnzimmer zurück und erbat von der Großmutter eine Schere, weil sie ihr ein schönes Kunststück zeigen wolle.

„Hier, meine geehrten Herrschaften, habe ich ein Taschentuch, das schneide ich jetzt in Stücke – –“

„Nein, Klein-Goldköpfchen, das unterbleibt“, sagte die Großmutter.

„Hab' mal keine Sorge, liebe Oma, ich zaubere ja nur. Nachher ist das Taschentuch wieder ganz heil.“

„Na, na – –“

„Wirst es gleich sehen! – Also, meine geehrten Herrschaften, ich nehme jetzt das Taschentuch in die Hand und ziehe ein Stückchen davon wieder heraus. – Jetzt passen Sie gut auf, jetzt schneide ich ein Stück davon ab – – so! Hier sehen Sie das Stück und hier – –“ Erna zog das Taschentuch aus der Hand, „sehen Sie das Taschen– –“. Jäh verstummte sie, denn von dem Taschentuch war eine Ecke abgeschnitten.

„Erna!“ sagte die Großmutter ärgerlich.

„Oma, – – der Hexenmeister hat es doch auch so gemacht.“

Sie schüttelte das Tuch, es wurde dadurch nicht wieder ganz. Erna stellte schließlich fest, daß sie nicht die Mullbinde, sondern das Taschentuch herausgezogen hatte und sagte kleinlaut: „Ach, Oma, – ich habe mich verhext. – Und nun habe ich noch was anderes."

„Nein, nein, Kind, laß die Hexereien sein."

„Ach, liebe Oma, das ist wirklich ganz was Schönes. Warte mal!"

Erna lief ins Nebenzimmer, nahm vom Rauchtisch des Großvaters eine Schachtel Streichhölzer, holte die andere, die ihr der Hexenmeister gegeben hatte, und steckte eine Schachtel in die Tasche ihrer Schürze.

„Meine geehrten Herrschaften, wenn ich jetzt den Streichhölzern – –"

„Mit Streichhölzern sollst du nicht hantieren."

„Oma, brauchst nicht in Angst zu sein, – das sind doch verhexte Streichhölzer, die tun nichts. – Ach, bitte, bitte, laß mich zaubern."

„Dann mal los", meinte der Großvater.

Erna klopfte mit dem Fingerchen auf die Schachtel. „Jetzt verbiete ich euch zu brennen, – hört ihr?"

Sie öffnete die Schachtel. „Opa, nu zünde mal an. Sie brennen jetzt nicht."

Wagner nahm ein Streichhölzchen heraus und brachte es an die Reibfläche. Das Hölzchen brannte.

„O je", rief Erna und riß ihm die Schachtel fort, „das ist ja die andere Schachtel!" Sie schob die Streichhölzchen in ihre Schürzentasche und holte die anderen hervor.

„Das ist wirklich kein schwieriges Kunststück."

„Ach, mach doch noch mal, Opa. – Also, ich verbiete euch zu brennen."

Diesmal gelang es dem Großvater wirklich nicht, das Hölzchen zu entzünden.

„Und jetzt du, liebe Oma! – Warte mal, – erst muß ich mit der Schachtel einen Hokuspokus machen. – Meine geehrten Herrschaften, ich werde diesen Hölzern jetzt verbieten zu brennen!“ Sie kramte aus der Schürzentasche eine Schachtel heraus, rieb das Holz an der Zündfläche – es brannte. Erna hatte das Hölzchen aber so kurz gefaßt, das sie gleich die Glut am Finger verspürte, und warf es hastig hinter sich. Warf es auf die aus Seide gestrickte Decke, die auf einem kleinen Tischchen lag. Wäre der Großvater nicht sogleich zugesprungen, wäre die Decke in Flammen aufgegangen. Einige Maschen waren trotzdem durchgebrannt.

„Jetzt hört die Zauberei aber auf“, zürnte die Großmutter und nahm Erna die Streichhölzer fort.

„Opa, ich wollte doch nur 'ne Vorstellung geben.“

„Nein, Klein-Goldköpfchen“, sagte Wagner, „für solche Vorstellungen bekommst du die Mark nicht. In Zukunft laß die Zauberei sein, sonst geschehen noch schlimme Dinge.“

Aber Erna war nun einmal der Meinung, daß sie ihre Zauberei auch noch Rosine zeigen müsse. Als Rosine zur Tür hereinkam, um den Tisch zu decken, griff Erna, die das Geldstück schon wieder auf den Finger gesetzt hatte, hastig an des Mädchens Nase. Rosine, die nicht ahnte, was die Kleine wollte und von dem Geldstück an die Lippe gestoßen wurde, erschrak und ließ das Tablett mit den Tellern fallen.

Frau Wagner war aufgesprungen und nahm Erna energisch an der Hand. „Der Unsinn hört nun auf, mein Kind! Was soll mir noch alles durch deine Zauberei verdorben werden? Ich will ein Klein-Goldköpfchen im Hause haben, keinen Hexenmeister!“

Erna, die von dem Fallen des Geschirres erschrocken war, hatte Tränen in den Augen. – „Ach, liebe Oma, ich wollte doch nur hexen.“ Dann begann sie bitterlich zu weinen.

Das war zuviel für des Großvaters weiches Herz. „Komm, Klein-Goldköpfchen“, sagte er und trocknete dem Kinde die Augen mit seinem Taschentuche. „Wir beide werden jetzt ein Geschäft machen. Du schenkst mir die Hexenmark, denn ich fürchte, du stichst damit anderen Kindern in die Augen, und ich schenke dir ein richtiges blankes Markstück dafür. – Bist du zufrieden?“

„Ja, Opa, hier hast du die dumme Hexenmark!“

Da öffnete Wagner seine Börse und schenkte seiner Enkeltochter das blanke Markstück.

„Opa, – hier haste auch noch die dummen Streichhölzer. Ich mag kein Hexenmeister mehr sein. – Schenkst du mir dann noch 'ne Mark?“

„Das ist eigentlich zu teuer.“

„Ach, lieber Opa, ich gräme mich so sehr über die drei verlorenen blanken Markstücke. Ach, schenke mir doch noch eine Mark, ich hebe sie sehr gut auf.“

„Na, meinetwegen. – Dann darfst du aber mit Streichhölzern nicht mehr zaubern.“

„Nein, Opa, du kriegst alle Streichhölzer. – Nu gib mir noch 'ne Mark!“

Erna erhielt noch ein zweites Geldstück und eilte freudestrahlend davon, um beide Geldstücke in ihre rote Handtasche zu legen.

Nach dem Abendessen saß sie wieder auf des Großvaters Knien. Sie reichte ihm das Taschentuch mit dem abgeschnittenen Zipfel.

„Das schenke ich dir auch noch, lieber Opa – dann hätte ich meine drei Mark wieder. – Weißt du, lieber guter Opa, ich bin doch so traurig, daß es nur zwei Mark sind. Ich hatte doch drei Mark. – Opa, ich schenke dir mein schönes Taschentuch. – Schenkst du mir dann eine dritte Mark?“

„Nein, Klein-Goldköpfchen, für ein zerschnittenes Taschentuch gibt es keine dritte Mark. Eine Strafe mußt du haben. Du hast genug Geld erhalten, und ich hoffe, daß du es nicht unnötig ausgibst. – So, und jetzt laß mich los, du kleine Schmeichelkatze, sonst fange ich an zu hexen, und dann tanzt der Stock auf deinem Rücken.“

„Das machst du doch nicht, lieber Opa“, lachte der kleine Schelm, „aber eine dritte Mark hätte ich sehr gerne.“

Erna bekam sie nicht und mußte sich zufriedengeben.

Die Robinson-Insel

Klein-Goldköpfchen stand im Garten neben dem Monteur, der sich mit dem Springbrunnen beschäftigte. Sehnsüchtig wartete sie darauf, daß aus der langen Röhre endlich wieder ein Wasserstrahl herausschießen möge, genau so, wie sie es in Dresden in einem großen Garten gesehen hatte.

„Kommt es noch immer nicht?"

„Heute wird es überhaupt noch nichts. Alles ist verrostet, ich muß vieles ergänzen. Das macht viel Arbeit."

„Lassen Sie das Wasser recht hoch springen, dann stelle ich mich im Badeanzug drunter und lasse mich bespritzen. – Oh, das wird fein sein!"

Während der Monteur emsig weiterarbeitete, ging Erna, wie sie es immer tat, mit den Händen auf dem Rücken durch den Garten. Sie besah aufmerksam die verschiedenen Beete, stellte fest, daß die Petersilie und die Mohrrüben gut wuchsen und wanderte weiter bis zum äußersten Ende des großen Gartens, wo vor dem Schuppen ein riesiger Apfelbaum stand. Zu schade, daß sie nicht im Herbst hier war, wenn die vielen Äpfel reif waren. Dann kam die Hecke mit den vielen Johannisbeersträuchern und schließlich die großen Fliederbüsche.

Plötzlich blieb sie stehen. Aus dem Garten des Nachbargrundstückes erscholl lauter Lärm. Erna hatte bisher von dorther niemals Lärm gehört; in dem großen Garten war es immer recht still gewesen. Vom Großvater wußte sie, daß der Garten zu dem grünen Hause gehörte, das vor mehreren Jahren ein pensionierter Kapitän erbaut hatte. Den alten Kapitän Korber kannte Klein-Goldköpfchen. Sie hatte im vorigen Jahre seine Bekanntschaft gemacht, war auch schon einige Male in seinem Garten gewesen.

Wo kamen plötzlich die Kinder her, die dort lärmten?

Erna trat dicht an die hohen Fliederbüsche heran, bog die Zweige auseinander und erblickte vier Knaben, die alle ein wenig älter sein konnten als sie. Sie schrien und lärmten durcheinander. Auf dem Rasenplatz, den sie übersehen konnte, standen mehrere große Kisten, ein Plättbrett war an einen Baum gelehnt, über dessen Äste mehrere Tücher hingen. Kurzum, es herrschte ein geschäftiges Leben und Treiben auf dem Rasenplatz.

Erna stand und schaute. Vier Knaben begannen mit Schaufeln um die Kisten einen Graben auszuheben.

„Es muß doch eine Insel sein“, hörte Erna den größten rufen, „so eine richtige Robinsoninsel. Ringsum ist das weite Meer, und ich wohne hier ganz allein, habe nur meinen Brotbaum.“ Dabei wies er auf einen Nußbaum, der nicht weit von den Kisten stand.

„Und ich bin der Freitag, dein treuer Schwarzer, den du befreit hast. Ich bin dir treu ergeben, Robinson, ich kämpfe und schieße für dich nach den wilden Tieren, damit wir was Ordentliches zu essen haben.“

„Die Bella müssen wir auch noch holen, die ist dann das Lama des Robinson!“

Erna lauschte mit hochroten Wangen. Die Bella kannte sie genau. Das war der große Bernhardinerhund des Kaufmanns Kreiling, und die beiden Knaben, die eifrig beim Schippen halfen, waren dessen Söhne Max und Moritz.

„Ich hole die Bella“, rief Max, „und bringe gleich noch 'nen Haufen Holzwolle mit. Robinson muß doch ein Lager haben.“

Ein sehnsuchtsvoller Blick trat in Klein-Goldköpfchens Augen. Vom Robinson wußte sie auch schon mancherlei. Bruder Hermann besaß ein dickes Buch, das er schon mehrfach gelesen und Geschichten daraus erzählt hatte. Robinson war ein fauler Schlingel gewesen, der seinen Eltern fortlief und schließlich als Schiffsjunge auf ein Segelschiff kam. Dieses Schiff wurde vom Sturm zerschellt. Robinson aber rettete sich auf eine kleine, einsame Insel, die mitten im großen Meere lag. Nichts hatte er, gar nichts. Mühsam baute er sich aus Palmenblättern eine Hütte und lebte von den Früchten, die er auf der Insel fand. Eines Tages fand er am Ufer des Meeres einen Schwarzen, der an Händen und Füßen gefesselt war. Nur mit Mühe konnte sich Robinson mit dem armen Burschen verständigen. Er hörte, daß der Schwarze hier ausgesetzt worden war, weil er ein Feind des Stammes war. Robinson befreite den Gefesselten und nannte ihn, weil er ihn an einem Freitag gefunden hatte, „Freitag". Der Schwarze war Robinson treu ergeben und teilte mit ihm Leid und Freuden.

Max kam zurück, beide Arme voll Holzwolle, neben ihm schritt der große braun-weiße Bernhardinerhund einher.

„Robinson, hier bringe ich dir dein Lama!"

Da brach Erna in Lachen aus. Sie kannte die Bilder des Buches genau und wußte, daß Robinson ein ganz kleines, junges Lama gefunden hatte, das er aufzog.

Vier Knabenköpfe fuhren herum, und vier Augenpaare blickten hinüber nach der Richtung, aus der das Lachen gekommen war. Nun sahen sie Ernas Blondkopf zwischen den Fliederzweigen.

„Das ist die vom Apotheker Wagner", sagte Moritz, „die kenne ich. Sie ist schon mal hier gewesen."

„Warum lachst du?" fragte einer der anderen Knaben.

„Das ist doch kein Lama! Der Robinson hat doch ein ganz kleines Lama gefunden. Was sollte er mit so 'nem großen Hund machen? Der frißt ihm ja das bißchen Essen weg, was er auf der Insel findet."

„Was weißt denn du vom Robinson?" fragte der älteste Enkel des Kapitäns.

„Oh, ich weiß alles", erwiderte Erna wichtig, „ich bin doch weltklug! Ich weiß, daß sich der Robinson eine Hütte baute. Kisten hat er aber nicht gehabt. Da müßt ihr euch schon in die Erde ein Loch graben. Und dann müßt ihr auch einen Aussichtspunkt machen, einen Felsen, auf dem stand der Robinson und guckte, ob kein Schiff kommt."

„Ja, einen Felsen als Aussichtspunkt müssen wir haben.– Wie machen wir das?“

„Wir stellen drei Kisten aufeinander.“

„Nein, ihr müßt auf den Baum kriechen“, rief Erna hinüber. „Dort oben legt ihr ein Brett hin und macht euch einen hohen Sitz. So einen Sitz haben wir uns daheim auch in den Bäumen gemacht.“

Die beiden Enkelsöhne des Kapitäns, der dreizehnjährige Lothar und der elfjährige Erik, kamen der Fliederhecke näher.

„Willst du mit uns mitmachen?“

„Ich kann doch hier nicht durch.“

„Robinson macht alles“, rief der ältere Knabe. „Wir machen ein Loch in die Hecke, da kannst du durchkriechen.“

„Du kannst ja auch unser Lama sein.“

„Ich bin doch kein Tier. Aber der Robinson könnte sich ja eine Frau holen.“

„Der Robinson hat keine Frau“, rief Erik.

„Nun, er konnte ja eine finden.“

„Nein, eine Frau braucht er nicht“, bestimmte Erik, „eine Frau kann der Robinson auf seiner einsamen Insel nicht brauchen.“

Erna, die gar zu gerne mitspielen wollte, erklärte erneut: „Die Frau Robinson kocht euch dann Schokoladenspeise und bringt euch süßen Wein, den mein Opa in einem Faß unten im Keller hat. Sie hält die Kinder in Ordnung – –“

„Quatsch“, rief Erik, „der Robinson hat keine Kinder und keine Frau. Es ist schon besser, du bist das Lama. Da hast du es bei uns sehr gut.“

„Ach ja, sei mal das Lama“, rief Max, „als Frau mußt du zuviel schuften. Wenn du aber das Lama bist, machen wir dir ein weiches Lager und streicheln dich.“

„Na, dann werde ich mal das Lama sein“, sagte Erna. „Das Lama kann ja auch allerlei für euch tun.“

„Abgemacht“, sagte Moritz, „ich bringe den Hund wieder weg, er sitzt ja doch nur faul herum, und das Lama kann uns helfen. Jetzt grab mal gleich mit, denn wir müssen erst die Insel haben.“ Bei diesen Worten drückte er Erna einen Spaten in die Hand. Erna begann sogleich mit der Arbeit.

„Eine richtige Insel muß es werden“, rief Lothar, der Robinson.

„Was seid ihr denn?“ fragte Erna die beiden Söhne des Kaufmanns, Max und Moritz.

„Wir sind der wilde Stamm der Seeräuber, wir finden den Robinson auf der Insel und werden mit ihm kämpfen. Wir kommen mit unseren Pfeilen, mit unseren Messern und machen 'ne regelrechte Schlacht.“

„Und ich verteidige meinen Freund Robinson“, rief Erik, „ich bin ja der Freitag! Ich lasse die wilden Stämme nicht erst landen.“

„Au – fein“, jubelte Erna, „das wird aber ein schönes Spiel sein.“

„Erst müssen wir unsere Insel bauen und unsere Wohnung haben. Ein Boot müssen wir auch zimmern. Das wird 'ne Kiste.“

„Nee, wir nehmen den Roller, damit können wir wie im Boot rund um die Insel fahren!“

So war die Freundschaft zwischen Erna und den vier Knaben geschlossen. Erna erfuhr im Laufe des Spielens, daß Robinson und Freitag in Dillstadt zu Besuch bei ihrem Großvater, dem alten Kapitän Korber, waren. Die Mutter war auch mitgekommen. Der Vater war fern, er weilte als Ingenieur im Auslande.

Gar fleißig wurde gearbeitet. Erna hörte gegen vier Uhr das Rufen des Opas. Es war Kaffeezeit, er wollte das Kind holen.

„Opa“, rief sie, so laut sie konnte, „ich habe wirklich keine Zeit, ich bin das Lama vom Robinson und muß arbeiten.“

Herr Wagner trat an die Hecke heran. Er sah das kleine Loch, das die Knaben für Erna ausgehoben hatten, damit sie bequem in den Nachbargarten gelangen konnte.

„Also hier steckst du!“

„Opa, guck mal, das hier wird 'ne Insel, und ich bin das Lama. Dann kommen die wilden Stämme mit ihren Pfeilen und wollen den Robinson überfallen. Aber wir, haben einen Ausguck, wir sehen sie kommen, und dann werden wir die wilden Stämme schon kriegen. – Opa, willst du auch ein wilder Stamm sein?“

„Danke herzlich!“

„Opa, du mußt uns später von deinem guten Wein geben, denn der Robinson muß doch was zu leben haben. – Ach, Opa, es ist hier so schön! Kriech fix mal durch und schippe ein bißchen. Mir tun schon die Arme sooo weh!“

„Das macht beim Robinson gar nichts“, lachte Herr Wagner, „der muß tüchtig arbeiten. Und nun komm Kaffee trinken, die gute Großmama wartet schon.“

„Ich habe gar keinen Hunger, lieber Opa!“

„Komm fix, Klein-Goldköpfchen. Nach dem Kaffeetrinken kannst du wieder hierher gehen. Eine Pause tut dir gut, dir stehen ja schon die Schweißtropfen auf der Stirn.“

Das Kind mußte mitkommen, obwohl es sich ungern von der fröhlichen Schar entfernte.

„Ich komme gleich wieder, dann machen wir unsere Insel fertig.“

Von dieser Stunde an wurde im Garten des Kapitäns furchtbar gearbeitet. Sogar der alte Herr freute sich an dem regen Treiben der vier Knaben, denen das Lama half. Die merkwürdigsten Forderungen stellte man an den alten Herrn; er sollte das Unmöglichste heranschaffen, damit es wirklich eine Robinsoninsel werde. Lothar meinte, der ganze Krempel sei nicht richtig, eine Insel müsse von Wasser umgeben sein. Der

Großvater solle zusehen, ob er es nicht einrichten könne, daß jenes Graseiland im Wasser schwimme.

„Du kennst doch Inseln", sagte Erik, „du bist als Kapitän auf vielen Inseln gewesen. Das hier ist ja Quatsch! Wenn du auf einer Insel gelebt hast, konntest du überall Wasser sehen."

„Ja, wir müßten eine richtige Insel haben", meinte das Lama.

„Großvater", beharrte Lothar, „du mußt uns mindestens einen breiten Graben anlegen lassen."

„Wenn wir unser Lager am Bach bei der Färberei aufschlügen, hätten wir richtiges Wasser", sagte Max, der Sohn des Kaufmanns.

„Richtiges Wasser haben wir in unserem Garten", jauchzte das Lama. „Der Springbrunnen gibt von morgen an Wasser, so hat der Opa gesagt. Wir haben eine gemauerte Grube, dort spritzt der Wasserstrahl hinein."

„Au – fein", lärmten die Knaben, „wir machen die Insel drüben beim Apotheker!"

„Kommt gleich mal mit", sagte das Lama und kroch als erste durch das Loch in der Fliederhecke. Die vier Knaben krochen nach, und bald standen alle vor dem großen gemauerten Becken des Springbrunnens. Wasser befand sich bereits darin.

„Das muß anders gemacht werden", sagte Lothar nach einer Weile. „Das gemauerte Ding da ist unsere Insel, der Wasserstrahl aber muß so gelenkt werden, daß er nicht ins Becken spritzt, sondern darüber hinaus. Jedesmal, wenn dann die wilden Stämme ankommen, lassen wir das Wasser spritzen."

„Hurrah – hurrah! Jetzt haben wir 'ne feine Robinsoninsel. – Nu' her mit den Kisten!"

Schon begann eifriges Hin und Her. Kisten wurden herbeigetragen, bis Max plötzlich Einhalt gebot. „Es könnte sein", meinte er nachdenklich, „daß der Apotheker das Wasser nicht anders spritzen läßt als in das gemauerte Ding."

„Oh, ich sage ihm, daß das unsere Insel ist, dann macht er es schon“, lachte Klein-Goldköpfchen, „mein Opa macht alles, was ich will!“

Diese Worte waren so ausschlaggebend für die vier Knaben, daß mit dem Bau des Hauses im Becken begonnen wurde.

„Etwas Grünes muß natürlich auch da sein, unser Lama muß doch fressen.“

„Wir stechen Rasen aus, dort drüben ist ja genug, und legen ihn hier herum. Die andere Seite ist dann die steinige Küste.“

„Und unser Ausguck?“

„Die Röhre wird uns nicht aushalten“, meinte Lorenz.

„Nee, die hält nicht“, bekräftigte Erik.

„Einen Ausguck müssen wir unbedingt haben“, rief Max.

„Wir graben neben dem Bassin eine Stange ein. Ich kann dann fein daran hinaufklettern“, schrie Erik begeistert, „dann melde ich die wilden Stämme.“

„Ich kann auch klettern“, sagte Klein-Goldköpfchen.

„Ein Lama kann nicht klettern, ein Lama kann auch nicht sprechen und uns sagen, wenn die wilden Stämme kommen.“

„Wie macht ein Lama?“ fragte Erna.

Einen Augenblick lang wußten die Knaben nichts zu sagen.

„Ich glaube – – es meckert“, sagte Moritz.

„Ach wo, ein Lama ist ein Schaf und macht bä–ä–ä–“, meinte Erik.

„Wenn ich ein Lama sein soll, muß ich wissen, wie ich rede.“

„Fragen wir unseren Großvater“, entschieden die Enkel des Kapitäns. „Der hat schon furchtbar viele Affen, Kamele und anderes Getier gesehen, der weiß auch, wie ein Lama macht!“

„Komm, wir gehen gleich zu deinem Großvater", jubelte Klein-Goldköpfchen, faßte Erik an der Bluse und zog ihn nach rückwärts, hin zur Fliederhecke.

„Nee, ich bin der Freitag, ich muß mir erst meine Hütte bauen."

„Du –" sagte die Kleine mit blitzenden Augen, „wenn du nicht gleich mitkommst, binden wir dich nachher, wenn wir Robinson spielen, fest mit Stricken zusammen und lassen dich lange an der steinigen Küste liegen. Dann kommen die Fische und fressen dich!"

„Ich komm' ja schon", sagte Erik.

„Ja, du mußt mitgehen", rief Lothar, „der Freitag hat die Aufgabe, unser Lama gut zu behüten."

Kapitän Korber stand an der einstigen Robinsoninsel und schaute nach seinen Enkeln aus. Im Geschwindschritt sah er die beiden Kinder ankommen.

„Lieber Onkel Kapitän, wie macht ein Lama?"

„Was denn?"

„Bellt es, meckert es, oder macht es wie ein Schaf?"

„Ein Lama – spuckt."

Erna schlug in die Hände. „O pfui, ist das ein Tier! Spuckt es immer? Sagt es gar nichts anderes?"

„Ja, mein liebes kleines Goldköpfchen, die genauen Laute eines Lamas weiß ich auch nicht. Ich weiß nur, daß es einen Spucklaut von sich gibt."

„Ach, lieber Onkel Kapitän, mach doch mal, wie es macht!"

„Pui" – sagte lachend der alte Herr.

„Pui – pui – pui! – – Das ist aber schön!"

„Du, aber anspucken darfst du mich nicht", drohte Freitag. „Wenn ich auch der Diener von Robinson bin, so darfst du doch nicht spucken."

„Pui – pui – pui – –" machte Erna.

Erik wich zurück und hielt beide Hände vor das Gesicht.

„Hab' keine Angst“, sagte Erna zärtlich, „ich spuck' dich nicht an. – Paß mal auf, ich kann immerfort pui pui sagen, dabei behalte ich meine Spucke im Munde. – Nicht wahr, Onkel Kapitän, ich spucke nicht?“

„Das wäre auch für ein kleines Mädchen sehr häßlich.“

„Ich bin kein kleines Mädchen, ich bin ein Lama!“

„Na, wie ein Lama siehst du nicht gerade aus.“

„Wie sieht ein Lama aus, Onkel Kapitän? Ist es weiß oder schwarz?“

„Nun, es hat ungefähr die Farbe des Kamels. Ein Kamel kennst du doch?“

„Oh, dann möchte ich auch wie ein Kamel aussehen!“

Erik brüllte vor Lachen. „Das Lama will wie ein Kamel aussehen! Du Kamel, du Lama-Kamel – –“

„Ich bin kein Kamel, ich bin ein Lama, und ein Lama ist etwas Hübsches.“

„Mußt dir eben ein hellbraunes Kleidchen anziehen oder ein Stück Stoff dieser Farbe umhängen“, meinte der alte Herr.

„Ich laß mir von meiner Oma ein Lamakleid machen, ich will ein ganz richtiges Lama sein. Ich gehe gleich zur Oma und laß mir so ein Kleid machen.“

„Warum brecht ihr denn hier eure Zelte ab?“

„Du gibst uns ja kein Wasser, Großvater. Wir haben drüben beim Apotheker 'ne viel schönere Insel.“

„Wo denn?“

„Komm mal mit!“

Bis an die Hecke ging der Kapitän mit.

„Kriech hier durch“, sagte Erna mit ihrer silberhellen Stimme.

„Nee, das kann ich nicht.“

„Na, warte mal“, meinte Erik, „ich krieche zuerst, dann ziehe ich dich, und das Lama stößt. Dann kriegen wir dich schon durch die Hecke.“

„Danke für dieses zweifelhafte Vergnügen. Ich kann ja von der Straße in den Garten kommen, um eure neue Insel zu sehen.“

„Wir müssen jetzt gehen, Großvater, wir haben Eile, sonst kommen die wilden Stämme. Die liegen ohnehin schon auf der Lauer. Unser Bau ist noch nicht befestigt. – Großvater, hast du keine Ziegel? Hol sie doch und schmeiße sie durch das Loch.“

„Erst will ich mir mal euren neuen Bau ansehen.“

Da war auch das Lama schon durch die Hecke verschwunden. Die beiden Kinder eilten dem Springbrunnen zu. Schon von weitem hörten sie die erregten Stimmen der drei Knaben.

„Fällt uns gar nicht ein“, rief Moritz.

„Nee, das machen wir nicht!“

„Das ist unsere Insel, die geben wir nicht her!“

Zwischendurch eine scheltende Männerstimme.

„Die wilden Stämme sind schon da“, sagte Erna zu Erik und eilte weiter. Aber es waren nicht die wilden Stämme, es war der Monteur mit seinem Gehilfen, der den Springbrunnen ausprobieren wollte. Als er die Kisten in dem Becken sah, verlangte er energisch deren Entfernung.

„Ferkel seid ihr alle“, zürnte der Monteur. „Im Wasser herumzupatschen!“

„In dem bissel Wasser können wir ruhig rumlaufen“, lachte Moritz, „wir gehen durch ganz andere Pfützen. Ich habe keine Strümpfe an, nur Sandalen, denn ich bin der wilde Stamm!“

„Macht, daß ihr mit den Kisten aus dem Becken kommt, sonst stelle ich das Wasser an!“

„Das ist jetzt unsere Insel!“

Inzwischen war Freitag mit seinem Lama herangekommen. Ernas Augen funkelten. „Hören Sie mal, der Robinson muß doch seine Insel haben. Lassen Sie das Wasser so spritzen, daß um die Insel ein See wird."

„Packt euch mit den Kisten rasch fort, ich muß weiterarbeiten."

„Nehmen Sie sich in acht", rief Max und schwang die Streitaxt aus Pappe, „ich bin der wilde Stamm und kann gefährlich werden!"

„Und ich kann noch viel gefährlicher werden", sagte der Monteur, „ich bin jetzt auch ein wilder Stamm!"

„Gehen Sie doch lieber wieder fort", sagte das Lama besänftigend. „Das hier ist unsere Insel, da lassen wir keinen anderen herein."

„Ich zähle bis drei", rief der Monteur ärgerlich, „bei drei drehe ich den Hahn an. Eure Kisten werden bald unter Wasser stehen. Und ihr werdet pudelnaß. – Also: – eins!"

„Das ist 'ne Frechheit", rief Moritz zürnend.

„Mensch, das ist unsere Insel", schrie Lothar, „wir bleiben hier." Dabei setzte er sich auf eine der Kisten.

„Zwei –" zählte der Monteur.

Mit einem Satz saß Freitag neben seinem Herrn auf der Kiste.

Auch Erna stieg ins Bassin.

„Mach, daß du herauskommst", sagte der Monteur, „den Bengeln tut ein Wasserstrahl gut, aber du hast ein sauberes Kleid an."

„Ich bin das treue Lama und bleibe bei meinem Herrn. – Du drehst ja doch das Wasser nicht an, denn das hier ist unsere Insel."

„Zwei und ein halbes", zählte der Monteur. „Ich warne euch zum letzten Male." Dann gab er seinem Gehilfen einen Wink.

„Und – –"

„Das ist unsere Insel", beharrte Erna erneut.

„Auf unserer Insel sind wir die Herren", schrie Lothar.

„Drei!"

Eine Sekunde später sprang aus der Röhre ein hoher Wasserstrahl. Prasselnd fielen Tausende von Tropfen zurück in das Becken, auf die Kisten, auf die Kinder. Ein vielstimmiger Schrei.

„Pui – pui – pui", schrie das Lama, sprang den Monteur an und wiederholte entrüstet: „Pui – pui – pui!"

„Aufhören", brüllte Freitag, „das ist unsere Insel!"

Das Wasser sprühte weiter. Da sah auch Freitag ein, daß es das richtigste sei, die Insel zu verlassen. Er stieg über den Rand des Beckens. Als er außer dem Bereich des Wasserstrahles war, begann er heftig zu schelten.

Die beiden „wilden Stämme" hatten sich bereits in Sicherheit gebracht, nur eine Streitaxt aus Pappe schwamm auf dem langsam steigenden Wasserspiegel.

Der einzige, der die Flucht nicht ergriff, war Lothar. Trotz des niederfallenden Wassers blieb er mit verbissenem Gesicht auf der Kiste sitzen und murmelte: „Eine Gemeinheit ist das. Das ist meine Insel! – Aber", dabei straffte sich sein Körper, "Robinson hat sich ja auch durch tausend Gefahren hindurchkämpfen müssen. Will mal sehen, wer hier der Sieger bleibt."

„Wir sagen es deinem Großvater", riefen Max und Moritz, „der wird den Menschen schon verjagen."

Tobend und schreiend, wie es sich für zwei wilde Stämme geziemt, stürmten die Söhne des Kaufmanns in die Apotheke. Sie fanden dort zunächst Adrian, ließen sich von ihm zu Apotheker Wagner weisen und standen sehr bald keuchend und mit roten Köpfen vor Ernas Großvater.

„So 'ne Gemeinheit – –"

„Jagen Sie den Menschen doch rasch fort – –"

„Das Lama wollte er auch naßmachen – –"

„Er ersäuft unsere Insel – –"

Obwohl Wagner aus dem Durcheinander nicht klug wurde, da er nichts von dem Umzug der Robinsoninsel wußte, hielt er doch für gut und ratsam, den beiden „wilden Stämmen“ zu folgen. Irgend etwas stimmte wieder einmal nicht.

Im Garten vernahm er das Geschrei der anderen Kinder. Schon hüpfte ihm das Lama entgegen.

„Opa, Opachen, das mußt du doch einsehen, daß das unsere Insel ist. Der Mann kann sein Wasser doch wo andershin spritzen lassen.“

Da stand nun Wagner an dem Springbrunnen, sah den Robinson wasserübersprüht auf der Kiste sitzen, sah die Streitaxt schwimmen und konnte nur mühsam das Lachen unterdrücken.

„Unsere Insel“, schallte es ihm mehrstimmig entgegen.

„Möchtest du deine feuchte Wohnung nicht verlassen, Robinson, – du Kistenbewohner!“

„Das ist meine Insel“, klang es trotzig zurück.

Wagner ließ das Wasser abstellen, doch das Becken war inzwischen bis zum Rande mit Wasser gefüllt. Drei Knaben und ein Mädchen redeten auf den Opa ein und versuchten ihm klarzumachen, daß der Monteur im Unrecht wäre.

„Aber, Klein-Goldköpfchen, du hast mich doch selbst gebeten, ich solle den Springbrunnen, der seit mehreren Jahren nicht im Gange ist, wieder in Ordnung bringen lassen. Deinetwegen habe ich es getan, und jetzt soll er wieder versiegen?“

„Nein, lieber guter Opa, aber er soll sein Wasser um die Insel springen lassen. – Das hier ist doch Robinsons Eiland.“

„Nein, das geht nicht. Zieht nur mit eurem Eiland wieder zurück auf den Rasenplatz.“

„Opa, dort ist doch kein Meer, und wir müssen ein Meer haben.“

„Das hier ist meine Insel“, klang es von Robinsons Lippen. Noch immer saß er auf der Kiste im Wasser.

„Nein, mein lieber Junge, das ist mein Springbrunnen“, sagte Wagner, „und wenn du jetzt deinen Sitz nicht verläßt, dann – –“

„Mich schützt Freitag!“

„Und die wilden Stämme“, brüllten die beiden Kaufmannsknaben.

„Auch das Lama verläßt seinen Robinson nicht“, flüsterte Klein-Goldköpfchen zärtlich und hing sich in den Arm des Großvaters. „Opa, laß uns unsere Insel, sie ist unser ganzes Glück.“

„So wollen wir einen Kriegsrat halten.“

„Ja, einen Kriegsrat! Ich bin der Häuptling“, schrie Moritz.

„Wasser gibt es nicht auf eurer Insel. Es ist viel schöner, wenn ihr die Qualen des Durstes durchmachen müßt.“

„Opa, vor Durst schlucke ich dann immerfort. – Opa, ich muß auch so ein Fell haben, wie es das Lama trägt.“

„Also, – meinetwegen mögt ihr vorläufig in dem Becken wohnen bleiben, aber der Springbrunnen springt nicht.“

„Wir brauchen doch ein Meer, Opa.“

„Grabt meinetwegen um das Becken einen Graben, damit die wilden Stämme nicht so leicht einsteigen können. Aber diese Pantscherei dulde ich nicht.“ Dann sprach Wagner leise mit dem Monteur, doch der machte ein grimmiges Gesicht dazu. Erst sollte er die alten verrosteten Brunnenrohre wieder in Ordnung bringen, und jetzt sollte der Springbrunnen nicht in Tätigkeit gesetzt werden.

„Richten Sie alles so ein, daß die Kinder das Wasser nicht anstellen können, sonst machen sie nichts als dummes Zeug.“

„Und wenn Ihnen die wilden Stämme das Bassin zerschlagen?“

Wagner lächelte. „Sie sind alle nur zu den Ferien hier, in vier Wochen sind sie wieder fort. Da wollen wir ihnen ihre Freude lassen.“

So wurde die Robinsoninsel aus dem Garten des Kapitäns in den des Apothekers verlegt.

Schon am anderen Tage nähte Frau Wagner aus einem alten graubraunen Vorhang einen Anzug für das Lama. Das war vielleicht das billigste und zweckmäßigste. In dem Kleid, in Form eines Badeanzuges, konnte sich das Lama in Erdhöhlen aufhalten.

Erna war über den neuen Anzug entzückt. „Pui – pui – pui", jubelte sie, „jetzt bin ich ein richtiges Lama!"

Das Lama in Angst und Not

Die Robinsoninsel wurde immer prächtiger ausgestattet. In dem gemauerten Becken des Springbrunnens stand eine große Kiste, daneben eine kleinere. Auf die große Kiste war eine zweite Kiste gestellt worden. Dort hinauf stiegen jeden Tag mehrmals Robinson oder Freitag, um nach den feindlichen Stämmen Ausschau zu halten. Aber auch die Wohnungen der drei Inselbewohner, eben diese drei Kisten, waren mit allerhand Dingen ausgestattet. Der Stall des Lamas, die untere kleine Kiste, hatte aus Heu und einer Decke ein weiches Lager bekommen, bei Robinson, der neben dem Lama in der großen Kiste wohnte, hingen an den Kistenwänden die unheimlichsten Gegenstände. Da sah man Streitäxte aus Pappe mit Silberpapier beklebt, ein ebensolches Messer, ein Kindergewehr, eine Pistole, die mit einem Korken schoß, einen alten Pelzkragen als Beute eines erlegten Tieres und zwei Hasenfelle. Diese Hasenfelle dienten zur Bekleidung des Robinson, der sie bei weiteren Ausgängen mit einem Bindfaden um die Hüften band. Vor der Kiste Robinsons stand ein Roller, das war das Boot, mit dem man hinaus ins Meer fuhr. Sein Diener Freitag, der in der oberen Kiste hauste, hatte allerlei verrostete Kochtöpfe zusammengetragen, weil er für das leibliche Wohl seines Herrn und des Lamas sorgen mußte. Ferner war von der oberen Kiste zur unteren eine Fernsprechleitung gelegt worden. Zwei Pappscheiben an jedem Ende dienten als Hörer. Freitag sorgte auch für die Unterhaltung seines Herrn. Er hatte eine Mundharmonika, auf der das Abendkonzert gemacht wurde.

In dem Becken war auch die Feuerstelle nicht vergessen worden, ein Gerüst aus drei oben zusammengebundenen Stäben. An Stricken hing ein alter Kessel, unter dem Holz aufgeschichtet lag, aber angezündet durfte es nicht werden, das hatte Herr Wagner streng verboten. Neben dieser Feuerstelle stand die Alarmtrommel. Ein umgestürzter Kücheneimer, zwei Kroketthämmer. Meldete Freitag oben von seinem Ausguck das Herannahen der wilden Stämme, so mußte Robinson sofort die Alarmtrommel schlagen, wobei das Lama half. Ein Eimer hatte schon beim ersten Alarm seinen ohnehin brüchigen Boden verloren. Daraufhin befahl Robinson nur halben Alarm.

Um das Becken war ein Graben ausgehoben und vor diesem Graben ein Bollwerk errichtet worden, das aus Stangen und Gestrüpp aller Art bestand. Anfangs hatten die Kinder einfach allen im Garten befindlichen Tomaten und Rosen die Stöcke fortgenommen und für dieses Bollwerk verwendet. Wagner und Frau verlangten jedoch noch am gleichen Tage, daß alles wieder an seinen alten Platz kam. So wurden Kapitän Korber und Baldrian bestürmt, neue Stöcke zu beschaffen. Als Baldrian mit einer hohen Wäschestütze ankam, entstand ein Freudengeheul. Robinson baute damit eine Antenne. Ein Bindfaden wurde von seiner Kiste hinauf zur Stange gezogen, und nun war er auf der Suche nach dem Radioapparat, der schließlich aus einer Blechkiste bestand, die Klein-Goldköpfchen von Onkel Kuno erbeten hatte.

Die wilden Stämme waren aber auch nicht untätig gewesen. Als erstes fingen sie an, sich in ein Gartenbeet einzugraben. Wäre Frau Wagner nicht rechtzeitig hinzugekommen, so würde ein Rübenbeet vernichtet worden sein. Auf dem Rasenplatz unter einer hohen Buche erstand ein Zelt aus alten Decken und Tüchern. Der gutmütige Adrian hatte den Knaben bei der Errichtung geholfen. Mit Hilfe von Stangen wurde das Zelt vergrößert. Die Hauptstütze war der Baumstamm. Die „wilden Stämme“ hatten sich Pfeile und Bogen gemacht, doch mußte Herr Wagner erst dafür sorgen, daß die Pfeile ungefährlich waren, denn die „wilden Stämme“ wollten schießen. Holzpfeile wurden nicht erlaubt, gefaltetes Papier, so meinte Herr Wagner, erfülle genau so seinen Zweck. Da aber die „wilden Stämme“ von nichts restlos befriedigt waren, erklärte sich Herr Wagner schließlich bereit, den wilden Stämmen „Gift“ zu geben. So standen im Zelt etwa zehn Flaschen mit blauen, roten und gelben Flüssigkeiten, alles harmloses gefärbtes Wasser. Der Zettel „Gift“, der auf jeder Flasche klebte, machte die Sache schaurig. Der Häuptling Moritz ließ übrigens nicht eher nach, als bis er noch andere Flaschen bekam, in denen sich Himbeerwasser, Kirschwasser und Zitronenwasser befand.

„Es könnte sein, daß man uns umzingelt“, sagte Häuptling Moritz, „wir müssen also Proviant haben. Vom Vater holen wir noch Schokolade und Keks, er hat genug im Laden.“

„Ich darf euch besuchen kommen“, sagte Klein-Goldköpfchen, „denn das Lama hat keinen feindlichen Sinn.“

„Nein, das geht nicht“, rief Robinson, „das Lama habe ich gefunden, das gehört zu meinem Hause. Du bist mein Haustier.“

Als man mit dem Angriff der „wilden Stämme“ das Spiel beginnen wollte, als Freitag, der in seiner oberen Kiste saß, die Stämme meldete, unterbrach Robinson plötzlich den Angriff mit den Worten:

„Das ist ja alles Quatsch! Ich bin doch zuerst ganz allein auf meiner Insel. Ich finde das Lama, das ist bereits halb verhungert, und trag es in mein Haus. Dann finde ich den gefesselten Freitag an einem Freitag.“

„Also heute ist Freitag“, sagte Moritz, indem er sich seinen Kopfputz aufsetzte.

Klein-Goldköpfchen rannte wie irre in dem Becken umher und rief kläglich: „Pui – pui – pui – –“

Da kam Robinson, nahm das Lama in seinem braunen Kittel und führte es in die Kiste. „So, nun könnt ihr den Freitag binden.“

„Halt!“ schrie Klein-Goldköpfchen, „ich bin ein verhungertes Lama, du mußt mir erst etwas zu essen geben.“

„Ich habe doch nichts!“

„Ihr habt doch drüben Schokolade“, rief das Lama den feindlichen Stämmen zu, „ich bin sehr verhungert!“

Max, der an Klein-Goldköpfchen großes Gefallen gefunden hatte, eilte sogleich nach seinem Zelt und holte Schokolade.

„Pui – pui – pui“, rief Klein-Goldköpfchen und verspeiste die Schokolade mit größtem Behagen.

Inzwischen hatte Max eine Leine bereitgelegt. „So, Freitag, nun kommst du erst in unser Zelt und bist frech.“

„Esel seid ihr, ihr feindlichen Stämme“, begann Freitag.

Wieder wurden sie von Robinson unterbrochen. „Ihr redet doch nicht deutsch, ihr müßt in der Sprache der feindlichen Stämme reden. Ich kann mich später doch nicht mit Freitag verständigen. So steht es in meinem Buche.“

Gleich darauf tönte aus dem Zelt ein lautes dreistimmiges Geschrei.

„Katschi – batschi hutsch – grrr.“

„Klinga bunga summebum – –“

„Beuske bullak kuganski.“

Das Geschrei wurde so laut, daß Frau Wagner das Küchenfenster öffnete, um zu erforschen, was im Garten los sei. Von der anderen Seite näherte sich Kapitän Korber der Hecke. Alle lauschten, erkannten aber bald, daß das Gebrüll zum Spiele der Kinder gehörte.

Plötzlich wurde Freitag vor das Zelt geschleppt und gebunden. Fürchterlich lärmten die wilden Stämme, verzerrten die Gesichter und tanzten um den Gebundenen.

„Macht das mal hier lockerer“, verlangte Freitag.

„Katsch – butschi matschi. – – Jetzt rollen wir dich zum Graben.“

„Da muß ich erst die Stöcke wegnehmen, sonst könnt ihr ihn nicht reinwerfen!“

„Halt – das ist doch unser Bollwerk. – Du bist ja verrückt!“

„Wie soll er denn ins Meer fallen? Komm, Robinson, wir befahren jetzt das Meer.“

Robinson stellte sich auf den Roller und sauste im Becken herum, das Lama lief hinterher. Der gebundene Freitag zeterte über die zu fest gebundenen Fesseln, die wilden Stämme tanzten.

„Nu' finde mich doch endlich, du Dussel“, rief Erik seinem Bruder zu, denn die Stricke schnürten ihm die Arme fest ein.

Freitag wurde in den Graben gerollt, Robinson und das Lama fanden den Ärmsten. Seine Fesseln wurden gelöst.

„Du mußt mir dankbar zu Füßen fallen, Freitag, so nenne ich dich, weil ich dich am Freitag fand.“

„Erst muß ich den Max verhauen. Sieh mal, wie fest er gebunden hat.“

„Nein, du bist jetzt mein Diener. Falle mir zu Füßen!“

„Quatsch!“

„Du armer Freitag“, sagte Klein-Goldköpfchen mitleidig, „ganz rot bist du. Na, ich will mal dem Moritz die Meinung sagen.“

Das Lama lief nach dem Zelt, Freitag folgte. Robinson schrie vergeblich nach den beiden. Die wilden Stämme lachten. Im nächsten Augenblick hatten sich alle in den Haaren, eine Balgerei entstand, in die auch das Lama verwickelt wurde. Als dann das Lama einmal schmerzlich aufschrie, eilte Robinson herbei. Das wilde Geschrei von vorhin wiederholte sich, nur in anderer Art. Jetzt wurde ein derbes Deutsch gesprochen.

Kapitän Korber erschien abermals an der Hecke, vom Garteneingang her kam Adrian gelaufen. Beide sahen, wie bald Beine, bald Arme aus einem auf der Erde liegenden Knäuel herausgestreckt wurden. Da hielt es Adrian für angebracht, dem Lama zu Hilfe zu kommen, das zuunterst lag.

„Jetzt kommt der oberste aller wilden Häuptlinge“, rief er, „der verlangt Ruhe, sonst holt er die Wasserspritze.“

Sofort sprangen die Kämpfer auseinander, sie reinigten sich die Gesichter von Sand und Erde, zankten noch ein Weilchen und erklärten dann: nun könne das Spiel wieder beginnen.

„Was haste denn?“ fragte Freitag das Lama, als es zur Insel hinkte.

„Ihr habt mir mein Bein eingequetscht. Ich glaube, ich habe auch 'ne Beule an der Stirn.“

„Ich hab' Himbeerwasser“, sagte der feindliche Stamm. Dann war der Friede wieder geschlossen.

Am Nachmittag war das gemeinsame Spiel friedlich und sehr nett. Adrian wurde zwar beständig belästigt, bald mußte er Blechbüchsen, bald Flaschen oder Holzstücke heranschaffen, denn die Wohnungen Robinsons und der wilden Stämme mußten immer besser ausgebaut werden. Klein-Goldköpfchen durchstöberte oftmals die Flickenkisten der Oma und Tante Karlas, denn die Häuptlinge brauchten Festgewänder. Ein Katzenfell, das die Köchin gegen Rheumatismus brauchte, wurde leider nicht hergegeben, obgleich Erna der Köchin die verliebtesten Augen machte. Aber ein altes Fell, das auf dem Hausboden lag, schleppte Erna mit Freudengeschrei herbei. Es wurde als Sonnenlager für Robinson in das Bassin gelegt. Robinson behauptete, es sei seine Beute, das Fell eines Wolfes, den er auf seiner Insel erlegt habe.

Als am nächsten Tage Suse Arbert und Helga Petermann kamen, um Klein-Goldköpfchen zum Spielen abzuholen, erklärte das Lama, daß es seinen Herrn nicht verlassen dürfe, denn gerade heute erwarte man einen Angriff der wilden Stämme.

„Können wir nicht mitspielen?“ fragte Suse.

„O ja, das könnt ihr“, entgegnen Erna.

„Ich brauche keinen mehr auf meiner Insel“, rief Robinson.

„Ihr könnt unsere Frauen sein“, riefen die wilden Stämme, „ihr könnt uns das Essen kochen! Wir müssen auch eine Feuerstelle haben, außerdem muß jemand im Zelte sein, wenn wir auf Kriegspfad sind und die Insel umschleichen.“

So vermehrte sich die Kinderschar um zwei Mädchen, die sehr bald mit Feuereifer beim Spiel waren.

„Mein Bruder hat ein richtiges Zelt“, sagte Helga, „das bauen wir auch noch auf. Das ist dann das Zimmer der Häuptlingsfrauen.“

Ein richtiges Zelt! Der Jubel war unbeschreiblich. Binnen kürzester Zeit stand unter einem anderen Baum im Garten Apotheker Wagners das Zelt der Häuptlingsfrauen. Sie wurden allerdings sehr bald in das selbstgefertigte Zelt gewiesen, während Max und Moritz das schöne Zelt bezogen. Ruhig ließen sie es sich gefallen.

Da war es am späten Nachmittag, daß Robinson mit seinem Lama auf Erkundungsfahrt ging. Klein-Goldköpfchen war um den Arm mit einem Strick festgebunden und ließ sich von Robinson führen. Sie trug das braune Lamagewand; Robinson hatte sich die beiden Hasenfelle um die Beine gebunden. In tiefgebeugter Haltung, wie es sich für Schleichende geziemt, überschritten beide den Graben, bahnten sich einen Weg durch das Gebüsch, gingen weiter durch den Garten, hin zum Hof und von dort nach vorn auf die Straße.

„Der Landbrotwagen“, flüsterte das Lama. „Sieh mal, hier hat der Bäcker hinten an seinem Auto einen großen Kasten auf Rädern, darin hat er die Brote.“

„Wir holen uns ein Brot“, meinte Robinson, „wir brauchen Nahrung. Die wilden Stämme wollen uns heute einschließen.“

Neugierig wurde der Deckel des Kastenwagens hochgehoben. Der Anhänger war bereits fast geleert, nur wenige Brote waren noch vorhanden, dazu ein Korb mit Semmeln. Während die beiden Kinder voller Neugier alles betrachteten, kam der Bäcker.

„Das riecht wohl gut in eure Nasen?“

„Ja, – ich möchte auch gerne mal wie die Brote im Kasten sitzen und herumfahren“, meinte Klein-Goldköpfchen.

„Das kannst du ja machen.“

„Fährst du mich ein Stückchen?“

„Wenn es deine Großeltern erlauben, tue ich es gem. Ich komme in einer Stunde nach Dillstadt zurück. Ich muß noch nach Kronsdorf hinüber und weiter nach Meilheim und Stuben, dann komme ich wieder hierher zurück.“

„Ach, bitte, nimm mich doch mit. Ich will so furchtbar gerne mal hinten im Kasten sitzen.“

Robinson machte sich an der Befestigung des Anhängers zu schaffen. „Wenn Sie kein Brot mehr haben, fahren Sie ohne den Kasten? Dann haben Sie nur ein Auto? Der Kasten ist ja nur angehängt.“

„Das stimmt, mein Junge.“

„Den Haken kriege ich sogar raus, wenn ich will.“

„Laß den Haken hübsch in Ruhe.“

„Lieber Herr Bäcker, warten Sie doch noch ein bißchen, ich lauf' ganz rasch und frage die Oma, ob ich ein Brot sein darf und mitfahren kann.“

„Meinetwegen.“

Klein-Goldköpfchen eilte zu den Großeltern. Sie schilderte ihnen die herrliche Fahrt hinten im Kasten mit den Broten. Gar zu gern wollte sie durch die verschiedenen Dörfer fahren, durch die das Brotauto fuhr.

„Nein, Klein-Goldköpfchen, ich – –“

Erna hielt dem Großvater den Mund zu. „Sag doch ja, du lieber guter Opa! Ich bin doch das Lama, – du hast mir schon solange keine große Freude mehr gemacht, lieber Opa. – Jetzt wäre es meine aller-allergrößte Freude, wenn ich im Kasten mit den Broten fahren könnte. – Mein lieber, guter Opa, sag doch: Ja, du darfst.“

„Wenn aber der liebe gute Opa es doch nicht erlaubt?“

Erna saß auf seinen Knien und drückte ihre Wange fest an das Gesicht des alten Herrn. „Ich hab' gar keinen anderen Wunsch mehr, lieber Opa, nur noch den einen! – Laß mich doch ein Brot sein.“

Herr Wagner stand auf, ging mit seinem Enkeltöchterchen hinaus und sprach mit dem Bäcker.

„Die Fahrt durch die Dörfer dauert höchstens drei Viertelstunden. Ich setze die Kleine neben mich ins Auto und lasse sie mitfahren. Ich bringe sie Ihnen gesund wieder zurück, Herr Wagner. Hab' ja selber daheim die Stube voll solcher kleiner Dinger."

„Dann ziehe dich wenigstens um."

„Nein, lieber Opa, ich bin doch das Lama, ich muß so bleiben."

„Lassen Sie sie nur, Herr Wagner", lachte der Bäcker, „sie sitzt neben mir im Wagen und darf nicht hinaus."

„Darf ich auch ein Brot sein?" fragte Robinson, „ich möchte so furchtbar gern mitfahren. Schon hatte er sein „Lama" wieder am Strick. „Das Lama kann ohne mich nicht sein, sonst verläuft es sich."

„Meinetwegen, komm mit", lachte der Bäcker.

Als er dann die beiden Kinder ins Auto nehmen wollte, wehrten sie sich energisch.

„Wir wollen doch Brote sein und keine feinen Fahrgäste."

„Im Auto bin ich schon oft gefahren", sagte Robinson, „heute will ich im Kasten fahren."

Der gutmütige Bäckermeister machte den Anhänger auf, entfernte die letzten Brote und nahm einige Bretter heraus, so daß eine bequeme Sitzgelegenheit entstand. Der Deckel des Anhängers wurde nicht fest geschlossen, ein Brett wurde dazwischengeschoben, damit die Kinder Luft hatten.

„So, ihr Brote, nun steigt ein."

Robinson machte ein solch listiges Gesicht, daß Wagner, der noch vor der Haustür stand, ihm drohte. „Was hast du wieder vor, Lothar? Bringe mir das Lama gesund wieder zurück."

„Mach' ich!" klang es zurück.

„Es wird euch nicht lange in dem Anhänger gefallen", sagte der Bäcker, „bis Kronsdorf geht es glatt, aber wenn wir vor Meilheim sind, wird die Straße so schlecht, daß ihr beide euer Hinterteil schon spüren werdet."

„Au fein, es muß tüchtig holpern!"

„Wartet es nur ab!"

Dann ging die Fahrt los. Bis Kronsdorf ging es wirklich wunderbar schön. Die beiden Kinder hatten ihren hellen Spaß und spielten Brote. Der Bäckermeister hatte im Dorf verschiedene Backwaren abgeliefert, dann stieg er wieder ein, und weiter ging die Fahrt.

Der Weg wurde schlechter und immer schlechter. Der Anhänger hopste und schleuderte. Die beiden Kinder jubelten, auch wenn sie mit den Köpfen hin und wieder gegen den Deckel des Anhängers stießen.

Nun kam ein ganz großes Holpern, und dann – stand der Wagen still.

„Es wird am Auto was kaputt gegangen sein", meinte Klein-Goldköpfchen.

„Vielleicht ist der Anhänger aus dem Haken gesprungen. Ich hab' ihn nur ganz schlecht eingehängt und noch ein Steinchen dazwischengeklemmt."

Der Anhänger stand.

„Wollen wir mal oben rausgucken?" fragte Erna.

Der Deckel wurde etwas mehr angehoben, zwei Kinderköpfe schauten heraus, – zwei Gesichter wurden lang und immer länger. – Wo war das graue Auto des Bäckers? Es war nicht mehr zu sehen. Verlassen stand der Anhänger auf dem schlechten Wege.

Robinson lachte laut auf. „Jetzt ist die Deichsel des Anhängers aus dem Haken gesprungen. Jetzt sitzen wir fest!"

„Er hat's nicht gemerkt, daß er uns verloren hat."

„Er wird schon wiederkommen."

„Wollen wir mal rauskriechen?"

„Ja. – Jetzt gehen wir bis zum nächsten Dorf, dann lachen wir den Meister aus."

„Wo ist denn das nächste Dorf?"

„Nu, wir gehen auf der Straße weiter, da kommen wir schon hin."

Gesagt – getan! Die Kinder verließen den Anhänger und wanderten weiter.

„Jetzt sind wir auf Fahrt", rief Robinson. „Wie ein richtiger Robinson machen wir es. Wir schleichen nach Beute."

„Pui – pui – pui –" strahlte das Lama.

Der Weg, der durch den Wald führte, machte eine große Kurve. Robinson schlug vor, den Weg abzukürzen und quer durch den Wald zu gehen.

„Ein richtiger Robinson geht durch die Urwälder, er geht nicht auf der Landstraße. Vielleicht finden wir auch Blaubeeren."

„Pui – pui – pui", tönte wieder das helle Jauchzen des Lamas.

Es gab auch wirklich reichlich Blaubeeren im Walde. Robinson und das Lama begannen eifrig zu essen und gerieten dabei immer tiefer in den Wald. Endlich erinnerte sich das Lama daran, daß man doch ins nächste Dorf gehen wollte, um den Bäcker wiederzufinden.

„Hast recht", sagte Robinson, „wir wollen gehen."

Wo aber war der Weg? Die Kinder fanden einen breiteren Waldweg, den gingen sie ein Weilchen entlang. Einmal hörten die Kinder in der Ferne ein Hupen.

„Das ist die Straße, dort müssen wir hin."

Weiter ging es, quer durch den Wald, dem Lama wurde ein wenig ängstlich zumute.

„So ein großer Wald und zwei kleine Kinder", sagte es. „Wenn wir uns verirren und gar nicht mehr rausfinden?"

„Unsinn – ich finde schon."

So trabte das Lama hinter seinem Robinson her. Obgleich die schönsten Beeren im Walde standen, aß keines der Kinder mehr, denn auch dem Robinson war nicht mehr recht wohl zumute.

Wieder Räderrollen. Das kam ganz aus der Nähe.

„Ich hab's ja gewußt“, rief Robinson erleichtert, „ich bin auf richtiger Fährte!“

Weiter ging es, quer durch den Wald. Wirklich stießen die Kinder nach kurzer Zeit auf die Landstraße.

„Jetzt komm im Galopp nach dem Dorfe, sonst ist der Bäcker weg.“

Robinson nahm sein Lama wieder am Strick und rannte los. Klein-Goldköpfchen konnte ihm so schnell nicht folgen und lag bald auf der Nase.

„Dummes Tier“, schalt Robinson, „wir müssen uns doch beeilen.“

„Ich beeil' mich schon so sehr wie ich kann, mehr kann ich nicht!“

Robinson hielt den Strick fest in der Hand und zerrte das arme kleine Mädchen hinter sich her, bis er selbst nicht mehr rennen konnte und stehenbleiben mußte. Da sahen sie auch schon die ersten Häuser des Dorfes.

„Siehst du nun, was ich für eine Spürnase habe? Ohne mich wärst du im Walde verhungert!“

Das Dorf war erreicht. Es gingen aber mehrere Straßen nach rechts und links ab. Wo sollte man den Wagen des Bäckers finden?

Die Kinder berieten.

„Ich gehe in dieses Haus“, sagte Robinson, „und frage.“

Dem Knaben wurde der Bescheid, daß der Bäcker längst durch sein müsse. Er käme schon gegen sechs Uhr, und jetzt sei es gleich sieben.

Sehr kleinlaut überbrachte Robinson dem Lama die Botschaft.

„Gleich sieben! Da essen die Großeltern Abendbrot. Oh, ich muß ganz fix nach Hause.“

„Was machen wir nur?“

„Hast du nicht einen Fernsprecher irgendwo in einem Hause? Mein Väti ruft immer mit dem Fernsprecher die Leute an, wenn er zu ihnen kommt.“

„Ich rede auch oft durch den Fernsprecher“, sagte Robinson erleichtert. „Will gleich mal fragen, wo das Postamt ist, das hat immer einen Automaten.“

Man wies die Kinder zurecht. Der Verwalter der Postagentur war stark beschäftigt und zeigte mit dem Finger hinüber zum Apparat. „Verstehst du damit umzugehen?“ fragte er den Knaben.

„Selbstverständlich“, erwiderte Robinson stolz.

Als er dann vor dem Apparat stand, fehlte ihm das Geldstück, denn keines der Kinder hatte Geld bei sich.

„Haste nich 'nen Knopf?“

„Nein“, sagte Klein-Goldköpfchen und betrachtete ihr Lamakleid. Robinson suchte in seinen Hosentaschen. Da waren ein Hammer und Nägel, Bindfaden und auch etwas Draht, eine leere Garnrolle, drei Zigarettenschachteln und einige Bonbons. Aber weder einen Knopf noch ein Geldstück fand er. Kurz entschlossen drehte er von seiner Hose einen Knopf ab und versuchte, ihn in die Öffnung zu zwängen.

Inzwischen war der Verwalter der Agentur mit seiner Arbeit fertig geworden. Da er den eigenartig gekleideten Kindern nicht viel zutraute, wollte er selbst hilfreich zuspringen. Er sah gerade noch, wie Lothar sich bemühte, den Knopf in den Ritz zu stecken.

„Was fällt euch denn ein“, schalt er los, „kommt ihr her, um den Apparat zu beschädigen? Na wartet nur, das soll euch teuer zu stehen kommen. Hinaus aus der Telephonzelle!“

Im nächsten Augenblick rannten zwei Kinder wie wild an dem Beamten vorbei, gewannen die Tür, stürmten ins Freie und glaubten nichts anderes, als daß der Mann hinter ihnen herkäme, um sie zurückzuholen. Das Lama schrie mehrmals: „Du, er kommt – er kommt!“ So jagten die

Kinder die Landstraße entlang. Erst an einem Scheunentor machten sie halt.

„Wir verstecken uns hier hinter der Tür“, sagte Klein-Goldköpfchen.

In großer Angst standen die Kinder da.

Es dauerte nur wenige Minuten, da hörten sie auf der Straße erregte Stimmen.

„Wo sind die Rangen?“

„Sei still, sei ganz still“, flüsterte das Lama seinem Robinson zu.

Aber einer hatte die Kinderfüße hinter der Scheunentür gesehen, und schon standen zwei Männer vor den Kindern mit zornigen Gesichtern.

„Da seid ihr endlich! Was fällt euch nur ein, mir die Scheiben einzuwerfen! Könnt ihr nicht woanders Ball spielen? Wer seid ihr?“

„Ich bin das Lama“, flüsterte Klein-Goldköpfchen und machte sein freundlichstes Gesicht. Dem Kinde bebte die Stimme so sehr, daß selbst Robinson Mitleid mit seinem geliebten Tier hatte.

„Die Scheiben werdet ihr bezahlen“, sagte der Mann, „wie kommt ihr dazu, mir den Ball ins Fenster zu werfen?“

„Wir haben nicht geballt“, rief Robinson gekränkt.

„Willst du auch noch lügen“, rief der andere. „Wer seid ihr? Die Scheibe wird von euch bezahlt.“

„Ich bin der Robinson, mein Großvater ist ein berühmter Mann, er ist um die ganze Welt gefahren. Ich habe keinen Ball in Ihr Fenster geschmissen.“

„Ihr seid die Straße entlang gerannt und habt euch dann versteckt. Das macht das schlechte Gewissen.“

„Wir haben kein böses Gewissen“, sagte Klein-Goldköpfchen, „wir haben nicht Ball gespielt, – wir haben nur ein böses Gewissen, weil wir –“ Jäh verstummte sie. Ein Puff in die Seite brachte sie zum Schweigen.

„Ihr habt mir die Fensterscheibe eingeworfen.“

Die Männer hatten die beiden Kinder auf die Straße gezogen. Andere Dorfbewohner kamen hinzu. Heftiges Schelten wurde laut.

„Solche Rangen, – wie sie schon aussehen! – Hasenfelle hat er sich umgebunden. – Was soll die Maskerade?"

„Ich bin der Robinson", beharrte Lothar.

„Mit dem Bengel ist nichts anzufangen", sagte einer der Umstehenden, „das kleine Mädchen wird uns bessere Auskunft geben. – Wer bist du?"

Erna lächelte die Umstehenden freundlich an. Jedem schenkte sie aus ihren blauen Augen einen süßen Blick. Dann legte sie das Blondköpfchen ein wenig auf die Seite und sagte weich und langsam:

„Ich habe die Fensterscheibe wirklich nicht eingeworfen, ich bin – – Der Bäcker! – – der Bäcker!"

In diesem Augenblick hatte sie das Auto des Bäckermeisters erspäht und jauchzte erleichtert auf: „Der Bäcker, – der Bäcker!"

Da wurde sie unsanft am Arm gefaßt. „Was bist du? – Ein Bäcker?!"

„Herr Bäcker – – Herr Bäcker, ach bitte, retten Sie uns!"

Der Bäcker, der wegen des Menschenhaufens seinen Wagen anhalten mußte, hatte die Kinder erblickt und atmete befreit auf. Als er bei der Einfahrt nach dem Dorfe Meilheim merkte, daß er seinen Anhänger nicht mehr hatte, kehrte er sofort um, fand auch den Anhänger, – von den Kindern aber war nichts zu sehen. Er rief nach ihnen, ging nach rechts und links in den Wald hinein, ließ laut seine Stimme erschallen, – keine Antwort erfolgte. Langsam fuhr er ein Stück des Weges zurück, bis fast nach Kronsdorf, in der Hoffnung, seine Fahrgäste irgendwo auf der Landstraße zu finden. Aber auch das war vergeblich. So war er mit sorgenvollem Herzen wieder nach Meilheim gefahren und erblickte nun die beiden lebenden Brote, die anscheinend in großer Bedrängnis waren.

„Retten Sie uns, lieber Bäcker!"

„Was ist denn los?" Er war ausgestiegen und wurde sofort von den erregten Dorfbewohnern umringt.

„Die Fenster haben sie mir eingeworfen mit ihrem Geballe!"

Es gab ein erregtes Hin und Her. Die Kinder beteuerten, sie hätten ja keinen Ball, gestanden schließlich ihre Missetat in der Postagentur.

„Steigt jetzt in meinen Wagen und wartet auf mich. Aber wehe euch, steigt ihr wieder aus. – Besser, ich schließe den Wagen ab."

Bedrückt, mit gesenkten Köpfen saßen Robinson und sein Lama im Wagen. Sie wagten nicht aufzusehen, denn überall zeigten sich verärgerte Gesichter.

„Mir wäre es lieber, ich säße hinten im Kasten", flüsterte Klein-Goldköpfchen.

Währenddessen gab der gutherzige Bäckermeister alle nötigen Erklärungen. Wenn die Kinder wirklich eine Scheibe zertrümmert hätten, würde sie gewiß von Apotheker Wagner in Dillstadt bezahlt werden. Auch zur Postagentur ging er. Einmal um festzustellen, ob der Apparat Schaden gelitten hatte, zum zweiten, um Wagners anzurufen, damit Ernas Großeltern nicht länger in Sorge wären. Er selbst mußte unbedingt noch weiter nach dem Dorfe Stuben, um seine Ware abzuliefern, mußte daher die Kinder mitnehmen. So würde noch eine halbe Stunde vergehen, bis er zurück nach Dillstadt kam.

Endlich war alles erledigt.

„Ich nehme euch ein zweites Mal nicht mehr mit", sagte er zu den beiden schweigsamen Kindern. „So ein Robinson und ein Lama machen zu viele Dummheiten."

Die Beiden gaben keine Antwort. Sie sahen ihr Unrecht ein und waren froh, so behaglich im Auto zu sitzen und heimfahren zu können.

Gegen acht Uhr kam man wieder in Dillstadt an. Herr Wagner hatte sofort nach dem Anruf des Bäckermeisters Kapitän Korber benachrichtigt, damit auch er nicht in Sorgen um Lothar wäre.

„Hätte ich gewußt, Klein-Goldköpfchen, daß du als Lama solche Seitensprünge machst, hätte ich dich nicht mitfahren lassen. Ich habe mir eingebildet, daß du brav und artig als Brot mitfahren würdest. Nun hast du mich sehr enttäuscht."

„Opa, lieber Opa, ich werde dich nicht mehr enttäuschen. – Opa, sieh doch nur, wie ich zerschunden bin. Im Walde bin ich auf die harten Wurzeln gefallen, dann habe ich auf der Landstraße gelegen. Der Robinson hat mich so sehr gezerrt. – – Guck doch her, du lieber Opa, überall bin ich kaputt! Du mußt dein kleines Goldköpfchen jetzt nicht auszanken, das hat heute soviel Angst und Not gehabt."

„So nimm es als Strafe hin."

„Aber die Scheiben haben wir ganz bestimmt nicht eingeworfen."

„Jedenfalls fährst du nicht mehr mit."

Bei Lothar Hutten ging es nicht so sanft ab. Er wurde zunächst von seinem jüngeren Bruder verprügelt, denn Freitag war entrüstet, daß er von Robinson und dem Lama im Stich gelassen worden war. Zum anderen erhielt er von seinem Großvater eine gehörige Tracht Prügel, weil er Klein-Goldköpfchen verleitet hatte, mit ihm in den Wald zu gehen, anstatt am Wagen zu warten. Er mußte sich doch denken, daß der Bäcker zurückkehren werde. Auch daß er versucht hatte, einen Hosenknopf in den Telephonapparat zu stecken, trug ihm Strafe ein.

So beschwor Robinson am anderen Tage sein Lama, es möge unter allen Umständen davon schweigen, daß er den Anhänger gelockert habe, was allein Schuld daran trug, daß sich der Anhänger von dem Auto gelöst hatte. Lothar ging auch am nächsten Tage nicht auf Entdeckungen aus, er fühlte sich nicht ganz wohl.

Klein-Goldköpfchen war gleichfalls recht gedrückt. Die Oma hatte dem Kinde strenge Worte gesagt, die noch lange nachklangen. So verlief der nächste Tag sehr friedlich. Sogar als die wilden Stämme einen Angriff wagten, stellte sich das Lama vor sie hin und sagte:

„Laßt uns heute lieber in Ruhe, wir haben gestern die Jacke voll gekriegt und sind heute leidend."

„Dann komm zu uns ins Zelt und trinke mit uns rotes Gift!"

Bald schlürfte das Lama mit Behagen das süße Himbeerwasser. Max aber stand vor dem Eingang des Zeltes und gab acht, daß die Häuptlingsfrauen nicht hinzukamen, denn sein geliebtes Klein-Goldköpfchen sollte das Himbeerwasser allein haben.

Pechsträhne und Versöhnung

Klein-Goldköpfchen hatte auf der Insel seinen Platz mit dem Freitags vertauscht. Es saß in der oberen Kiste und ließ die Beine nach unten hängen. Das frische Gesichtchen des Kindes war kummervoll. Der Opa hatte ihr Vorwürfe gemacht, die Oma zürnte sogar, das bedrückte das Kinderherz. Es mußte etwas geschehen, um die geliebten Großeltern wieder zu versöhnen.

„Hier oben kann ich viel besser nachdenken", hatte das Lama zu Robinson gesagt, „und ich muß furchtbar nachdenken, was ich tun soll."

Freitag, der den Kummer des Lamas sah, war durch die Fliederhecke gekrochen und heimgelaufen. Der Weg war ja nicht weit. Er hatte nicht eher geruht, als bis ihm seine Großmutter eine große Schüssel voll gelber Pflaumen mitgab. Nun stand diese Schüssel neben der Feuerstelle auf der Insel, und Freitag warf hin und wieder dem tiefbekümmerten Lama Fütterung zu. Aber auch das wollte heute nichts nützen. Klein-Goldköpfchen baumelte immer heftiger mit den Beinen, und als sich Robinson von seinem Lager erhob, als er sich gleichfalls in seine Kiste setzte, erhielt er plötzlich von den baumelnden Beinen Ernas einen heftigen Schlag gegen Stirn und Auge, so daß er laut aufschrie.

„Was ist denn los?"

Robinson hielt die Hand an die schmerzende Stelle. Klein-Goldköpfchen kam herunter und sah das Unheil. Das Kind hatte dabei wohl zu rasch seine Behausung verlassen, so polterte die obere Kiste hinter ihm her und fiel auf die Feuerstelle. Lautes Klirren war zu hören, – die gute Glasschüssel mit den gelben Pflaumen war zerbrochen.

„Verflixt!“ sagte Freitag und kraute sich den Kopf, „die Großmutter wollte mir die Glasschüssel nicht geben, sondern eine Emailleschüssel. Da hab' ich ihr gesagt: Laß nur, wir sind vorsichtig!“

„Ich glaube, du hast mir das Auge ausgeschlagen“, grollte Robinson.

„Ich renn' ganz schnell zu Onkel Kuno und hol' dir was. Es gibt was, um eine Beule wieder klein zu machen. Man legt was Kühles auf, dann brennt es nicht mehr so sehr.“ Schon jagte Klein-Goldköpfchen durch den Garten, vorüber an Adrian, und stürmte durch die Hintertür in die Apotheke zu Onkel Kuno.

Hastig wurde Bericht erstattet.

„Gib mir ganz schnell was, Onkel Kuno, sonst kriegt er auf dem Auge 'ne Beule. Ich hab' ihn kräftig gebumst!“

„Euer wildes Spielen gefällt mir schon lange nicht“, sagte der junge Apotheker, „schick mir den Lothar einmal her.“

Klein-Goldköpfchen breitete beide Arme weit aus, um sie dem Onkel um den Hals zu legen. Der machte im selben Augenblick eine Bewegung nach rechts. Wieder lautes Klirren, Erna hatte mehrere kleine Fläschchen, die auf dem Ladentisch standen, heruntergeworfen.

„Oh – – oh – –“ rief sie erschrocken, „was ist heute nur los? – Alles geht kaputt!“

„Mach, daß du hinauskommst, du Irrwisch“, schalt Onkel Kuno. Drei kleine Flaschen mit fertiggestellter Medizin lagen zerbrochen auf der Erde. Als dann Klein-Goldköpfchen den Onkel flehend anschaute, rief er nochmals mit Donnerstimme: „Rrrrraus!“

Das Kind eilte davon. Dem Robinson mußte geholfen werden. Wenn Onkel Kuno nichts für die Beule gab, würde es der Opa tun. Also im Eilschritt die Treppe hinauf. Oben stand Rosine, das Hausmädchen.

„Wo ist der Opa?“

„Unten in der Garage!“

Klein-Goldköpfchen setzte sich auf das Treppengeländer und rutschte hinab. Unten stand der Kinderwagen von Tante Karla. Als das Kind, das nicht mehr bremsen konnte, vom Geländer seitwärts absprang, stieß es den schönen Wagen um. Lautes Poltern war zu hören. Karla, das Söhnchen auf dem Arm tragend, trat aus der Küche, sah die Bescherung, und sogleich ergossen sich heftige Scheltworte über Klein-Goldköpfchen. Karla wurde noch ärgerlicher, als sie bemerkte, daß sich die Fahrstange des Wagens verbogen hatte.

„Mußt du immer so wild sein, Erna? – Siehst du nicht, daß hier der Wagen steht?“

„Ich hab' es wirklich nicht gesehen, Tante Karla, – ich kam doch wie ein Blitz heruntergerutscht.“

„Du sollst überhaupt nicht auf dem Treppengeländer herunterrutschen.“

„Ach, Tante Karla“, seufzte Klein-Goldköpfchen, „heute ist alles furchtbar schlimm, alles geht kaputt! – Ach, ich bin schon so unglücklich.“

„Unartig bist du, weiter nichts. Das wilde Spielen mit den vier Knaben tut dir gar nicht gut. Du bist anfangs, als du hier warst, viel artiger gewesen.“

„Tantchen, – du hast einen so niedlichen Jungen, der fürchtet sich doch, wenn du so laut redest. Sieh mal, Tantchen, ich bin doch jetzt ein Lama.“

„Nein, du bist und bleibst die kleine Erna Wendelin.“

„Aber ich bin doch in den Ferien. – Weißt du, wenn man nicht in den Ferien ist, muß man artig sein, aber wenn man in den Ferien ist – da ist man – –“ Klein-Goldköpfchen lachte schelmisch, „das hat mein Vati mal gesagt, in den Ferien ist man wie ein losgelassener Affe. Und ich bin ein losgelassenes Lama. Da kann man ein bißchen unnütz sein.“

„Du hast immer eine Ausrede.“

„Biste nun wieder gut?“

„Nein, erst wenn du mir beweisen kannst, daß du nicht mehr unnütz sein willst."

„Zu Hause bin ich das artigste Kind der Welt, da paß ich auf meine Brüder und Schwestern auf. Aber jede Frau ist doch von ihrer Arbeit angestrengt und muß sich mal erholen. Und ich erhole mich hier, wenn ich das Lama bin."

„Schon gut, Jungfer Unnütz!"

„Ach so, ich will ja den Opa suchen. Der Robinson kriegt 'ne Beule." Klein-Goldköpfchen eilte davon, fand aber den Opa nicht. Adrian sagte, Herr Wagner sei fortgegangen. So mußte sie rasch zurück zur Insel, um Robinson nach der Apotheke zu schicken.

Aber Robinson war schon fort. Er hatte es vorgezogen, seine Mutter aufzusuchen und sich von ihr Stirn und Auge kühlen zu lassen. Freitag hatte inzwischen die schönen gelben Pflaumen aufgegessen, sich dann aber, beim Zusammenraffen der Scherben, ziemlich kräftig in den Finger geschnitten. Mit einem unglaublich unsauberen Taschentuch versuchte er das rinnende Blut zu stillen.

„Es ist schrecklich", rief Klein-Goldköpfchen verzweifelt, „heute will gar nichts glücken! Mit so 'nem dreckigen Taschentuch darfst du nicht an den schlimmen Finger. Das weiß ich von meinem Bruder Stefan. Der hat es auch mal so gemacht, da ist der Väti gekommen und hat ihn ausgescholten."

„Ich hab' doch kein anderes Taschentuch!"

„Ich gebe dir meins."

Aber Klein-Goldköpfchen stellte fest, daß das eigene Taschentuch auch nicht viel besser aussah. Sie hatte vorhin damit die Kiste des Freitag ausgewischt, die ihr zum Sitzplatz dienen sollte. Da Freitag in seiner Kiste allerlei Krimskrams angehäuft hatte, war der Boden nicht gerade sauber zu nennen.

„Warte, ich nehme meinen weißen Strumpf."

Der Strumpf wurde ausgezogen, um den Finger Freitags gewickelt, doch sehr rasch zeigte auch er rote Flecken. Klein-Goldköpfchen meinte, es werde bald besser werden.

„Lieber Herr“, sagte sie mit dunkler Stimme, den Vater nachahmend, „die Wunde ist nicht lebensgefährlich. Es ist eine Zerreißung Ihrer Ader, darum blutet es so sehr. Es kann natürlich alles Blut nicht aus Ihrem Körper hinaus, weil das Herz neues nachpumpt.“

Da kam Onkel Kuno angegangen. Er wollte nachsehen, warum der verbeulte Robinson nicht bei ihm erschien.

„Der ist schon weg“, sagte Erik, „er läßt sich von Mutter verbinden.“

„Und was hast du da?“

„Es blutet halt.“

„So komm mit mir. Da werde ich dich verpflastern. Ihr seid fürchterliche Rangen. Es wird ein Glück sein, wenn die Schule wieder anfängt und die ganze Robinsoninsel fort ist.“

Während sich Onkel Kuno mit Erik entfernte, horchte Klein-Goldköpfchen erschreckt hinüber nach den Zelten der feindlichen Stämme. Von dorther kam heftiges Schreien und Weinen. Sie eilte hinüber. Die beiden Häuptlinge hatten sich wieder einmal in den Haaren. Das aus Tüchern hergestellte Zelt war zum Teil heruntergerissen, das eine Tuch, das am Stamme des Baumes befestigt worden war, wies mehrere Löcher auf. Moritz heulte, und selbst Klein-Goldköpfchen vermochte nicht, die Streitenden zu besänftigen. Wutentbrannt zogen die beiden Knaben schließlich ab. Allein und verlassen stand Erna im Garten.

„Es ist schlimm“, sagte sie immer wieder. „Was ist heute nur los?“

Während sie noch klagte, sah sie im Gemüsegarten Rosine, die Petersilie holte. Da schlich Klein-Goldköpfchen hinüber, tippte das treue Hausmädchen in den Rücken und klagte leise:

„Ach, Rosine, immer ein Unglück kommt nach dem anderen. Jetzt sind alle böse! Jetzt mag mich keiner mehr leiden, und ich bin doch eigentlich artig."

„Was hast du denn schon wieder angestellt?"

Die kleine Erna berichtete von ihrem Unglück. „Alles geht schief und krumm, Rosine. – Was mache ich nur!"

„Ja ja, du scheinst heute wirklich in einer Pechsträhne zu sein."

„In was?"

„In einer Pechsträhne."

„Was ist denn das?"

„Du hast heute kein Glück, was du anfängst, geht dir schief aus."

„Ist das eine Pechsträhne?"

„Ja, so sagt man."

„Warum sagt man so?"

„Wahrscheinlich kommt diese Redensart von dem Märchen her. Da war doch die Tochter des Zauberers, die schöne Nachtigalla."

„Ach, Rosine, erzähle doch!"

„Ich hab' jetzt keine Zeit, ich muß in die Küche."

„Ich komme mit, Rosine, ich helf' dir in der Küche. Du weißt doch, ich kann schon allerlei kochen."

„Wenn du heute in der Pechsträhne bist, wird die Sache gefährlich."

„Dann sitze ich eben ganz artig neben dir, und du erzählst mir von der Pechsträhne."

„Das kann ich tun."

Rosine hatte die Petersilie abgepflückt, Klein-Goldköpfchen trug sie nach der Küche, zog einen Schemel herbei, und während Rosine ihrer Arbeit nachging, bat das Kind erneut:

„Jetzt erzähle mir von der Pechsträhne."

„Es lebte einmal ein Zauberer, der eine wunderschöne Tochter hatte, die er Nachtigalla nannte, weil sie sehr schön sang. Diese Tochter hatte pechrabenschwarzes Haar, das war so lang, daß es bis zur Erde reichte. Auf dieses Haar war Nachtigalla sehr stolz."

„Ich habe goldene Haare, Rosine, darum heiße ich Klein-Goldköpfchen. Und meine Mutti hat auch goldene Haare, sie heißt nur Goldköpfchen."

„Nachtigalla hatte also pechschwarze Haare, doch war ein Zauber in ihren Haaren. Jeder, der eine Haarsträhne von ihr bekommen hatte, zu dem kam das Glück. So wollte natürlich jeder eine Strähne von ihrem pechschwarzen Haare haben."

„Das war dann die Pechsträhne?"

„Nein, das war eine Glückssträhne, denn das Haar brachte Glück. So hatte es der Zauberer eingerichtet. – Natürlich wollte nun jeder, der mit Nachtigalla in Berührung kam, eine Strähne ihres Haares haben, aber sie hütete ihre Haare sehr und schenkte nur ganz selten eine Strähne fort. Da beschlossen die jungen Burschen eines Dorfes, Nachtigalla ihrer Haare zu berauben. Sie schlichen ganz heimlich in das Haus des Zauberers, doch der sah die Burschen und verzauberte sie in Bäume. So wurde um das Haus des Zauberers nach und nach ein riesengroßer Wald, und niemand wagte es mehr, Nachtigallas Haare zu stehlen."

„Aber wo ist denn die Pechsträhne?"

„Warte doch ab, kleine Ungeduld", sagte Rosine, „das Märchen ist noch lange nicht zu Ende."

„Na, dann ist es gut. – Mach es mal recht lang."

„Natürlich waren die Leute in der ganzen Gegend sehr traurig, daß so viele junge Burschen verzaubert waren. Trotzdem gab es immer noch mutige Leute, die durchaus Nachtigallas Haar haben wollten. Eines Tages kam ein Spielmann in den Ort, der hörte auch von dem Zauber, der in Nachtigallas Haar wohnte. Er meinte, er könne den Leuten helfen, er wisse Rat."

„Du, – was hat er denn gemacht?"

„Er ging zu dem Besitzer einer Weinhandlung und sagte ihm, er werde ihm das Haar der schönen Nachtigalla bringen, wenn er dafür fünfzig Flaschen seines besten Weines bekäme. Der Besitzer war sogleich einverstanden und schenkte dem Spielmann fünfzig Flaschen seines besten Weines. In einer Nacht begaben sich zwanzig mutige Männer wieder nach dem Hause des Zauberers und trugen die Weinflaschen. Der Spielmann führte den Zug an. Alle kamen bis an den Brunnen, aus dem der Zauberer und seine Tochter das Trinkwasser schöpften. Der Spielmann ließ das Wasser ab und füllte statt dessen den Wein hinein. Dann schlichen alle wieder fort. Am anderen Morgen kamen der Zauberer und seine Tochter zum Brunnen. Ei, wie schmeckte heute das Wasser gut!"

„Du, – Rosine, – ich hab' auch mal süßen Wein getrunken, – unten im Keller. Dann bin ich eingeschlafen."

„Genau so erging es dem Zauberer und dessen Tochter. Sie wurden furchtbar müde, legten sich vor ihr Haus in die Sonne, und bald schnarchten sie so laut, daß man es weithin hören konnte."

„Sie haben so fest geschlafen wie ich im Keller."

„Der Spielmann und die Burschen des Dorfes vernahmen das Schnarchen. Sie schlichen heran, und nun schnitt jeder eine dicke schwarze Haarsträhne von Nachtigallas Haar ab. Wie freuten sich alle, daß sie nun vom Glück begleitet sein würden, denn das Haar sollte ihnen Glück bringen."

„Na, wenn der Zauberer die Jungen erwischt hätte, denen wäre es aber schlecht gegangen!"

„Freudestrahlend kehrten die jungen Leute in ihren Ort zurück. Am nächsten Tage erwachte der Zauberer, sah seine Tochter, der das lange Haar fehlte, weckte Nachtigalla, und dann schalt er so laut, daß es in der Umgegend wie Donnergrollen klang. Er wollte furchtbare Rache an den Dieben nehmen. Er ging in die Küche seines Hauses, kochte in einem großen schwarzen Kessel eine dicke Tunke, hing sich den Kessel um den Hals und flog damit hoch in die Lüfte."

„Hu, das ist aber schaurig!"

„In der Nacht goß der Zauberer nun aus diesem Kessel die schwarze Flüssigkeit in die Straßen der Ortschaft, aus der die Diebe gekommen waren. Und als das schwarze Pech auf den Wegen lag, sah es aus, als ob dort schwarze Haare lägen. Das wollte der Zauberer so. Er fuhr wieder durch die Luft davon und wartete auf seine Rache."

„Hu, Rosine, mir gruselt schon!"

„Als die Bewohner der Ortschaft am nächsten Morgen aus den Häusern traten, glaubten sie überall lange, pechschwarze Haare zu sehen. Sie dachten, das sei die Strähne, die der Bruder oder der Vater kürzlich von der schönen Nachtigalla mitgebracht hatte. Sie beugten sich nieder, um die Haare aufzuheben, griffen aber ins Pech. Dieses Pech blieb ihnen an Händen und Füßen kleben. Es ging nicht mehr ab, und die Folge war, daß die Menschen nicht mehr recht laufen und nicht mehr recht zufassen konnten, denn was sie angriffen, ging entzwei oder entfiel ihren Händen. Da sie auch nicht ordentlich laufen konnten, fielen sie häufig auf die Nasen. Aus den Wolken aber tönte eine Stimme ›Das ist meine Rache! Ihr wolltet eine Glückssträhne, jetzt habt ihr eine Pechsträhne erhalten!‹"

„Das war natürlich der böse Zauberer?"

„Ja, das war die Rache des Zauberers. – Und nun behauptet man bis auf den heutigen Tag, daß man manchmal solch eine Pechsträhne gefunden hat, wenn alles mißglückt."

Klein-Goldköpfchen saß nachdenklich auf dem Küchenschemel. Endlich sagte es seufzend: „Was macht man nur? – Alle sind sie böse mit mir, weil ich in der Pechsträhne sitze."

„Du mußt alle wieder versöhnen, mußt sehr lieb und artig sein, mußt allen Freude machen."

„Soll ich allen was schenken?"

„Das kannst du auch. Vor allem aber mußt du dich bemühen, immer brav und artig zu sein."

„Ach, das wird schlecht gehen, Rosine. – Ich bin doch jetzt in den Ferien. Und in den Ferien ist man ein losgelassener Affe."

„Man kann auch in den Ferien ein artiges Mädchen sein."

„Wenn ich auf der Insel bin, kann ich nicht artig sein. Da bin ich doch das Lama."

„Ein Lama ist ein sanftes und braves Tier."

„Ich glaube, es ist besser, wenn ich allen was schenke und doch noch ein bißchen unartig bin."

„Geschenke, die von einem unartigen Kinde gegeben werden, machen keine Freude."

Klein-Goldköpfchen lachte pfiffig. „Rosine, ich denke mir schon Geschenke aus, die eine große Freude machen. Dann bin ich wieder artig, und dann sind alle nicht mehr böse."

„Was willst du denn schenken?"

„O Rosine, ich habe viel Geld. – Leider nicht alles, was ich in Heidenau bekommen habe. Der freche Mann hatte mir doch alles genommen. Aber zwei blanke Markstücke habe ich wieder und noch ein Fünfzigpfennigstück und noch zehn Pfennige. Dafür kann ich viel kaufen."

„Kaufe nur kein dummes Zeug."

„Nein, was sehr Schönes. – Ich kaufe nur, was viel Freude macht, und dann sind alle wieder gut. – Du, Rosine, ich geh gleich jetzt los und kaufe was."

„Renne nur nicht zu weit fort, es gibt bald Mittagessen."

„Nur ein kleines Stückchen! – Nur bis zum Kaufmann, der so viele schöne Sachen hat."

„Von dort kommst du aber gleich wieder zurück."

Das Lama ging hinauf in sein Stübchen, holte die kleine rote Handtasche mit dem Gelde, ließ die vier Geldstücke durch die Finger gleiten und machte sich auf den Weg.

Vor dem Schaufenster des Kaufmanns Kreiling blieb Klein-Goldköpfchen stehen. Da lagen viele schöne Dinge, doch das war alles sicherlich sehr teuer. Das Fünfzigpfennigstück wollte Erna opfern, nicht mehr. Die beiden blitzenden Markstücke wollte sie durchaus wieder zurück nach Heidenau bringen. – Für fünfzig Pfennig bekam sie gewiß allerlei.

Erna drückte sich fast die Nase an der Scheibe platt. Sie fand nichts Geeignetes. Vielleicht drüben beim Papierhändler. Sie huschte über die Straße.

„Ich glaube, Onkel Kuno wird sich furchtbar freuen, wenn ich ihm einen Bleistift schenke, er muß oft schreiben."

Da lag auch Briefpapier, eine Mappe mit einem blauen Deckel. Die Oma schrieb oft Briefe. Der Opa und Tante Karla mußten aber auch etwas bekommen, denn sie zürnten auch.

Ob sie einmal in die Nebenstraße ging und beim Gemüsehändler nachsah, was Freude machte? Oder – weiter hinten, in der Eisenhandlung? Ein paar schöne Haken machten gewiß Spaß, die konnte der Opa vielleicht brauchen.

Aber dort, der Zigarrenladen.

„Oh, der Opa hat immer eine Zigarre im Munde! Der Opa kriegt eine Zigarre!"

Noch ein kurzes Zögern, dann betrat Klein-Goldköpfchen den Laden.

„Was kostet eine Zigarre?"

„Zehn Pfennige, – zwölf Pfennige, fünfzehn Pfennige –"

„Halt –", rief Erna, „zehn Pfennige ist genug. Bitte geben Sie mir eine Zigarre. – Oder haben Sie sie noch billiger? Sie ist für meinen Opa."

„Schickt dich der Opa her?"

„Nein“, sagte Erna geheimnisvoll flüsternd, „ich will ihm eine Zigarre schenken. – Ich will ihm eine Freude machen.“

„Dann mußt du eine Zigarre für zwanzig Pfennige nehmen, eine gute Zigarre!“

Erna öffnete ihr Täschchen, betrachtete eine Weile die Geldstücke und schüttelte den Blondkopf. „Ich möchte lieber eine für zehn Pfennige. Ich muß meiner Oma auch noch was schenken. Soviel Geld habe ich nicht.“

Der Zigarrenhändler reichte Erna eine Zigarre, die er in einen Papierbeutel steckte. Klein-Goldköpfchens Augen glitten an den Fächern entlang. Da standen so viele schöne Kisten mit bunten Bildern.

„Was kostet eine Kiste?“

„Mit fünfundzwanzig Stück Inhalt oder mit fünfzig Stück darin?“

„Ach nein, eine leere Kiste. – Ich möchte doch dem Opa die Zigarre schenken. – Können Sie mir nicht so ein hübsches Papierringelchen drum machen, wie die Zigarren dort haben?“

„Das geht eigentlich nicht. Aber dir zu Gefallen will ich es tun.“ Der freundliche Herr streifte über die Zigarre den gewünschten Papierring.

„Wenn Sie nun noch so gütig wären und die schöne Zigarre in einen Kasten legten, würde sich mein Opa furchtbar freuen.“

Der Zigarrenhändler nahm eine leere Kiste und legte die Zigarre hinein. Als er die Kiste einpacken wollte, unterbrach ihn Erna aufs neue:

„Bitte, ich möchte gern eine Kiste mit einem Bild von einer Frau.“

Herr Blum lachte belustigt, suchte ein Weilchen unter dem Ladentisch und sagte: „So eine habe ich gerade nicht da.“

Erna wies mit dem Finger hinauf zu einem Regal. „Können Sie die Kiste nicht ausschütten?“

„Nein, mein Kind, das geht nicht. Aber hier habe ich eine Kiste mit einer Türkin. Das ist doch auch eine schöne Frau.“

„Kann ich mal hinter den Ladentisch kommen und sehen, was Sie noch haben?“

Nach längerem Suchen fand Erna eine kleinere Kiste, die ihr gefiel. Wieder wurde die Zigarre hineingelegt, dann packte der Geschäftsinhaber die Kiste in Papier und reichte sie dem Kinde.

Erna zahlte die zehn Pfennige, dann drehte sie das Kistchen hin und her.

„Fehlt noch etwas?“

„Der Opa hat neulich so ein hübsches Gummibändchen um seine Kiste gehabt, so ein Gummibändchen macht furchtbar viel Spaß. Würden Sie die Güte haben und mir ein Gummibändchen drum machen?“

Auch das geschah. Lachend folgte Blum dem Wunsche des Kindes.

„Vielleicht noch etwas für die eine Zigarre gefällig?“

„Danke, jetzt bin ich zufrieden“, sagte die Kleine hoheitsvoll.

Die Kiste unter den Arm geklemmt, eilte sie stolz der Apotheke zu. Der Opa hatte sein herrliches Geschenk. Nun mußte sie weiter überlegen, was sie den anderen gab, damit alle wieder versöhnt waren.

Beim Mittagessen merkte Klein-Goldköpfchen sehr wohl, daß ihr die Oma, Onkel Kuno und Tante Karla nicht recht verziehen hatten. Sie machte aber ein pfiffiges Gesicht und dachte an die Geschenke, die sie heute nachmittag austeilen würde. Gleich nach Tisch begab sie sich wieder auf Entdeckungsreisen. Sie kannte die Gegend genau, blieb vor jedem Laden stehen, überlegte und kam schließlich an ein Handarbeitsgeschäft. Ein kleiner Kragen gefiel ihr, den konnte Tante Karla gut auf eine Bluse brauchen.

Sehr stolz betrat sie den Laden, ließ sich den Kragen zeigen, brach aber in einen Schreckensruf aus, als sie den Preis hörte. Aus der roten Tasche kramte sie das Fünfzigpfennigstück.

„Ich will dafür meiner Oma und Tante Karla was kaufen. Was nehme ich denn nur?“

Auch hier konnte man dem niedlichen kleinen Mädchen nicht zürnen. Es fand freundlichen Rat. Vielleicht ein Päckchen Nähnadeln? Oder eine Rolle Garn.

Klein-Goldköpfchen ging im Laden umher. Da klang ein Jubelruf von ihren Lippen: „Ist der Fingerhut mit dem blauen Edelstein sehr teuer?“ Sie hatte einen Fingerhut entdeckt, dessen Kuppe ein blauer Stein war.

„Zehn Pfennige“, sagte das junge Mädchen.

„Mit dem schönen Edelstein? Ist der auch dabei?“

„Natürlich.“

„Dann nehme ich den Fingerhut mit dem Edelstein. – Können Sie mir auch ein Kästchen dazu geben?“

Für den Fingerhut wurde ein Kästchen gesucht. Auch in diesem Laden erbat Klein-Goldköpfchen ein Gummibändchen und ging freudestrahlend fort. Den Fingerhut bekam Tante Karla, die oftmals nähte. – Was aber für die Oma und Onkel Kuno?

Der Zufall kam Erna zu Hilfe. An der Straßenecke stand ein Mann, der hatte in einem Kasten, den er um den Hals trug, allerlei Dinge. Neugierig blieb das kleine Mädchen stehen. Sofort pries ihr der Mann seine Waren an. Immer wieder ertönte Ernas Frage:

„Kostet das hier auch zehn Pfennige? – Was kostet denn zehn Pfennige?“

„Ein Stern mit weißem oder schwarzem Zwirn. Oder Sicherheitsnadeln? Dann hier diese Knöpfe.“

„Ich möchte diese Knöpfe für die Manschetten.“

„Die kosten mehr als zehn Pfennige.“

Klein-Goldköpfchen legte die Manschettenknöpfe zurück in den Kasten. „Pui, das ist zu teuer, ich möchte was für zehn Pfennige.“

„So nimm den Zwirn.“

Nach längerem Überlegen entschloß sich Erna, für die Oma den Zwirn zu kaufen. Ein Kästchen bekam sie von dem Manne nicht. Nun fehlte noch das Geschenk für Onkel Kuno. Es war wohl am richtigsten, wenn sie Noch einmal zu dem Zigarrenhändler ging und auch eine Zigarre für Onkel Kuno kaufte. Vielleicht schenkte er ihr noch eine Kiste für den Zwirn.

„Da bist du ja wieder“, lachte Herr Blum. „Was wird jetzt für ein Einkauf gemacht?“

„Ich muß noch eine schöne Zigarre für Onkel Kuno haben.“

„Er raucht aber nur Zigaretten.“

„Dann nehme ich eine Zigarette.“

„Nimm lieber ein ganzes Kästchen.“

„Aber nur für zehn Pfennige.“

„Gut“, lachte Herr Blum, „auch die habe ich. Vier Zigaretten für zehn Pfennige.“

„Da wird sich Onkel Kuno freuen. Aber das Kästchen ist nicht so hübsch. Kann ich kein anderes bekommen?“

„Das geht nicht.“

„Können Sie mir nicht noch eine kleine Kiste für den Zwirn geben?“

Klein-Goldköpfchen erhielt auch diese Kiste und war zufrieden. So herrliche Geschenke mußten die Angehörigen versöhnen.

Daheim hörte sie das Schreien und Lärmen der Spielgefährten im Garten. Heute hatte Erna kein Verlangen nach der Robinsoninsel. Die Kaffeezeit winkte, dann sollten die Geschenke verteilt werden. Dabei würde Klein-Goldköpfchen allen versichern, daß es von nun an wieder das artigste Kind der Welt sein wolle.

Es wurde zum Kaffeetrinken gerufen. Alle stellten sich ein. Klein-Goldköpfchen kam mit seinen zwei Zigarrenkisten und zwei kleinen Kästchen an. Mit freudestrahlenden Augen legte es an jeden Platz sein Geschenk.

„Was ist denn das?“ fragte der Opa.

Schon saß sie auf seinen Knien, schlang beide Arme um seinen Hals, und während sie der Reihe nach alle Familienmitglieder zärtlich anblickte, sagte sie mit ihrer süßen Stimme:

„Weil ich doch in der Pechsträhne war, hatte ich soviel Unglück und konnte nicht artig sein. Aber nun bin ich wieder artig. Und ihr könnt alle wieder sehr lieb zu mir sein und mich furchtbar gerne haben, denn von morgen an bin ich das artigste Kind der Welt. Und damit ihr mir wieder gut seid, habe ich jedem was Schönes gekauft. – Oh, ihr werdet euch freuen! Ich habe soviel Geld ausgegeben, damit ihr euch freuen sollt. – Opa, hast du mich nun wieder lieb?“

Man konnte nicht anders, man mußte dem schmeichelnden Kinde gut sein, das so treuherzig um sich blickte. Die Geschenke wurden bestaunt; jeder nahm die Kleine zärtlich in die Arme und gab ihr den Versöhnungskuß.

„Wir sind dir ja gar nicht böse“, sagte Tante Karla, „es ist uns nur nicht lieb, wenn du so wild bist.“

„Ich bin doch das Lama! Aber ich bin ein glückliches Lama, denn nun seid ihr mir wieder alle gut, und nun kann ich sausen.“

„Ich denke, wir wollen ein Versöhnungsfest feiern“, lachte der Opa.

„Ihr könnt euch an euren Geschenken freuen, nach mir ruft schon der Robinson. – Ich muß ganz fix fort!“

Die Ferien gehen zu Ende

Mit tiefbetrübtem Gesicht stand Klein-Goldköpfchen neben seiner Oma. Sie hielt das graubraune Lamakleid in den Händen. Drei große Risse hatte sie zugenäht, nun sollte auch noch der halb ausgerissene Ärmel wieder eingefügt werden.

„Oma, – ich wollte, es käme nie der Montag heran, denn am Montag muß ich fort, und es ist doch sooo schön bei euch!“

„Freust du dich denn gar nicht, deine Eltern und die Geschwister wiederzusehen?“

„O ja, ich freue mich auf den Haufen und auf das große Goldköpfchen, aber, liebe Oma, – ich habe dort keine Robinsoninsel. Hier kann ich mit meinem guten Opa immer viel dummes Zeug machen.“

„Du hast es sehr gut daheim, Erna.“

„O ja, ich habe es sehr gut daheim! Wenn ich wieder in Heidenau bin, freue ich mich ja auch, daß ich meine Mutti habe, aber wenn ich hier bin, freue ich mich eben auch!“

Frau Wagner ließ für Sekunden die Näharbeit sinken. Ihr war schon den ganzen Morgen ein wenig wirr im Kopf, sie fühlte Übelkeit im Magen, auch jetzt flirrte es wieder vor ihren Augen. Klein-Goldköpfchen, das nichts von der Unpäßlichkeit seiner Oma ahnte, das sehnsüchtig auf die Fertigstellung des Lamakleides wartete, weil draußen im Garten die wilden Stämme bereits tobten, tippte die Großmama mit dem Finger an die Schulter.

„Mach doch ein bißchen fix, der Robinson wartet schon auf mich.“

Aber die Großmama strich nur mehrmals mit der Hand über die Stirn und lehnte sich müde in den Stuhl zurück.

„Liebe, gute Omama, mach doch ein bißchen fix!“

Frau Wagner fühlte sich immer elender werden. Es war wohl am besten, wenn sie sich rasch für einige Augenblicke auf das Sofa legte, dann würde das Schwindelgefühl am schnellsten weichen. Sie erhob sich, legte das Lamakleid aus den Händen und ging zum Sofa. Dort wurde ihr so schwach, daß sie sich umlegte und die Augen schloß.

„Oma!“ rief Erna erschrocken, „bist du krank?“

Die Oma wurde weiß im Gesicht.

„Oma, ich hole ganz rasch Pfefferminztee!“

„Rufe den Opa oder Tante Karla“, klang es matt von den Lippen der erschöpften Frau.

„Oma – ich kann einen Kranken nicht allein lasten. – Warte, Oma, ich bespritze dich mit Wasser. – Ach, liebe Oma, hast du dich so angestrengt, weil ich das Lamakleid so sehr zerrissen habe?"

Frau Wagner, die noch immer nicht wußte, ob es sich nur um einen vorübergehenden Schwindelanfall oder um etwas Schlimmeres handeln werde, sagte abermals matt: „Rufe den Opa."

Da wurde es Erna ängstlich zumute. Sie erinnerte sich noch deutlich daran, daß einmal die Mutti bleich und matt im Bett gelegen hatte und dann sehr lange Zeit krank gewesen war. Wieviel Sorgen hatte der Vater gehabt, weil er fürchtete, daß die Mutti sterben könnte.

„Oma, du wirst doch nicht sterben wollen? – Ach, Oma, warte doch noch ein bißchen, ich hole ganz schnell den Opa."

Draußen rief Klein-Goldköpfchen mit lauter Stimme: „Opa –" Aber sofort schlug sie sich mit der Hand auf den Mund. Wenn einer krank war, mußte man leise sein. Mußte auf Zehenspitzen durchs Haus gehen. So war es damals während der Krankheit der Mutti gewesen. Niemand hatte gewagt, laut zu reden.

Auf Zehenspitzen ging Erna davon, fiebernde Angst im Herzen. „Opa – Opa", flüsterte sie von Zeit zu Zeit. Dann eilte sie ins Wohnzimmer. Es war leer. Weiter lief sie in den großen Hof. Dort war Adrian bei der Arbeit. „Wo ist der Opa", flüsterte sie kaum hörbar.

„Ich glaube, der Herr Wagner ist – –" Erna hielt Adrian die Hände vor den Mund.

„Still, du mußt jetzt ganz leise reden, die Oma ist krank geworden. – Ach, wo ist nur der Opa?"

Da hielt Adrian in der Arbeit inne und sagte, man werde gemeinsam den Opa suchen. Er war in der Apotheke und sprach mit seinem Sohne Kuno.

„Komm schnell, lieber Opa, die Oma ist krank. Ganz weiß liegt sie auf dem Sofa und kann nur leise sprechen."

Apotheker Wagner und sein Sohn erschraken. Da gerade kein Kunde in der Apotheke war, eilten beide nach oben, atmeten aber befreit auf, als sie feststellten, daß Frau Wagner nur von einem Schwindelanfall befallen worden war.

„Mir ist schon wieder besser", sagte sie, „ich bleibe noch ein Weilchen hier liegen."

„Ich bringe sofort Kölnisches Wasser", sagte Kuno besorgt.

Klein-Goldköpfchen war den beiden Herren gefolgt und kam auf Zehenspitzen zum Sofa. „Bleib nur liegen, liebe Oma", sagte sie mütterlich, „ich werde dich pflegen."

„Mein geliebtes Mädelchen, lauf hinunter zu deinen Freunden in den Garten."

„Nein", klang es entrüstet zurück, „erst kommt meine gute Oma an die Reihe. Glaube mir, liebe Oma, ich bin eine famose Pflegerin, ich mache dich wieder gesund. Aber am Montag wirst du noch nicht gesund sein, da muß ich dich noch ein paar Tage länger pflegen."

„Ich bin heute mittag schon wieder gesund, Klein-Goldköpfchen."

Erna faßte nach dem Handgelenk der Oma. Das hatte sie oftmals beim Vater gesehen. „Nein, nein", sagte sie mit dunkler Stimme, „der Puls geht mir zu mächtig. Ich verordne dir mindestens acht Tage Bettruhe. So eine alte Frau wie du kann jeden Augenblick sterben. Nein, nein, du bist noch lange nicht gesund. – Hast du auch Schmerzen am Blinddarm?"

„Nein, mein Mäuschen, der Schwindel ist nun auch wieder vorüber."

„Oma, bleibe nur liegen! – Oma, gleich kommt der Opa zurück, der reibt dir das Gesicht ein."

Als Frau Wagner den Kopf ein wenig hob, merkte sie, daß der Schwindel noch nicht vorüber war. So legte sie sich wieder nieder. Wagner kam und rieb seiner Frau Stirn und Schläfen ein und hielt ihr dann die Flasche mit dem Kölnischen Wasser unter die Nase. Währenddessen war Erna ins

Nebenzimmer gelaufen und holte aus der Anrichte eine Serviette, die sie sich um den Kopf schlang.

„So, Frau Wagner“, sagte sie, ins Zimmer zurückkommend, „nun ist die Krankenschwester angekommen. – Ja, ja, Sie sind vom vielen Kochen zu müde geworden. Sie bleiben jetzt ruhig liegen, ich verordne Ihnen Pfefferminztee. Sie können wieder gehen, Herr Apotheker, es braucht keiner im Krankenzimmer zu sein, bis die Krisis vorüber ist.“

„Du hast ja gut von deinem Vater gelernt“, lachte der Großvater.

„Bitte, nicht so laut reden, eine Kranke kann das nicht vertragen. Und knallen Sie auch nicht die Tür zu, wenn Sie rausgehen.“

„Na, da darf ich dich ja in der Obhut der neuen Krankenschwester lassen“, sagte Wagner zu seiner Frau. Klein-Goldköpfchen ging zur Tür, machte dort eine Verbeugung, öffnete und gab dem Opa einen Wink, er möge verschwinden. Lachend entfernte sich der alte Herr. Er kannte die Schwindelanfälle seiner Frau und wußte genau, daß für dieses Mal nichts zu befürchten war.

Klein-Goldköpfchen holte aus dem Schlafzimmer eine Decke und breitete sie sorgsam über die Oma aus.

„Jetzt hole ich dir noch ein richtiges Kopfkisten mit Federn, damit dein liebes altes Köpfchen schön weich liegt. – Oma, soll ich auch noch 'ne Gummiunterlage holen?“

„Nein, mein kleiner Liebling, das brauche ich nicht, ich liege hier sehr gut.“

„Nein, Oma, du liegst schlecht.“ Wieder zupfte die Kleine an den Kleidern der alten Dame und rückte die Decke noch weiter nach oben. „Laß die Arme schön unter der Decke, Oma, sonst kommt Kälte in den Ellenbogen, und dann kriegst du den Knochenrheumatismus.“

Frau Wagner sagte nichts mehr. Sie verfolgte aufmerksam jede Handbewegung ihrer Enkelin mit einem warmen Lächeln. Wie niedlich sah es aus, wenn Erna, die Serviette um den Kopf geschlungen, auf Zehenspitzen durch das Zimmer ging, wenn sie dem singenden

Kanarienvogel drohte. Jetzt holte sie aus dem Nebenzimmer ein Glas mit Wasser und stellte es behutsam auf den Tisch neben dem Sofa.

„Solltest du Fieber bekommen, liebe Oma, werde ich dir zu trinken geben."

Aus dem Garten tönte lautes Schreien. Anscheinend kämpften die wilden Stämme mit Robinson und Freitag.

„Geh hinunter und spiele mit den Knaben."

Klein-Goldköpfchen war wie der Blitz aus dem Zimmer, rannte durch den Garten und machte den Spielenden schon von weitem Zeichen, daß sie stille sein sollten. Keuchend erreichte sie die balgenden Knaben.

„Macht daß ihr nach Hause kommt! Meine Oma ist plötzlich krank geworden; da muß jeder leise sein."

„Kommst du nicht mit uns spielen?" fragte Freitag.

„Nein", erklärte Erna energisch, „siehst du denn nicht, daß ich jetzt eine Krankenschwester bin?"

„Du bist unser Lama!"

„Lieber Freitag", sagte das Kind schmeichelnd, „du hast mich doch so gerne, sorge dafür, daß hier alles ganz stille ist. Wenn ihr Krach machen wollt, geht zum Onkel Kapitän in den Garten."

„Dort haben wir doch keine Insel", meinte Robinson.

„Wenn doch meine Oma krank ist – –"

„Wir machen keinen Krach mehr", rief Freitag, „wer noch mal wagt, das Maul aufzureißen, den töte ich!" Als dann Moritz laut auflachte, stürzte sich Erik mit aller Kraft auf ihn und warf ihn zu Boden.

„Noch ein Wort, und du bist kalt! – Die Oma ist krank, hast du nicht gehört? – Anständige Männer halten die Klappe, wenn einer krank im Bett liegt. Wenn du das noch nicht weißt, werde ich es dir hinten draufschreiben. – Bist du nun stille?"

Das wirkte. Moritz sagte nichts mehr, und Max zog sich schleunigst in sein Zelt zurück.

„Brauchst dich nicht zu sorgen“, tröstete Freitag noch einmal, „du wirst heute von uns nischt mehr hören. Aber schade ist es, denn am Freitag müssen wir fort. – Kommst du im nächsten Jahre wieder her?“

„Ich komme schon“, sagte Erna. „Ich muß auch am Montag fort. Onkel Kuno nimmt mich mit seinem Auto mit. Der hat eine Sitzung. Da sind alle Apotheker beisammen, und da fährt er auch hin. Aber erst setzt er mich in Heidenau ab. – Ach, wenn die dumme Sitzung nicht wäre, könnte ich noch ein bißchen hierbleiben. Aber nun muß ich wieder zur Oma gehen, sonst stirbt sie.“

Weg war Klein-Goldköpfchen. Im Hause ging es wieder auf den Zehenspitzen die Treppe hinauf und betrat fast lautlos das Wohnzimmer, in dem Frau Wagner noch immer auf dem Sofa lag.

„Ich glaube, nun kann ich aufstehen“, lachte sie das Kind freundlich an, „der Schwindel ist wieder fort.“

„Du hast noch nicht mal einen Schluck Wasser getrunken. – Oma, ich muß dich auch noch behorchen. Bleibe mal liegen.“

Klein-Goldköpfchen legte sich auf die Brust der Großmutter und drückte das Ohr fest dagegen. „Ja, es sieht recht schlimm in dir aus. Du bedarfst noch der Ruhe. Die Bengel draußen werden dich nicht mehr stören. – Oma, ich bleibe jetzt neben dir sitzen und pflege dich noch ein Weilchen. – Denke mal, wenn nun dein Schwindel am Montag wiederkommt, wenn ich gerade abfahren werde, – darf ich dich dann auch pflegen?“

„So oft kommt der Schwindel glücklicherweise nicht.“

„Bleib doch noch liegen, Oma. – Warte mal, ich hänge jetzt vor die Lampe ein Tuch.“

„Aber, Klein-Goldköpfchen, es ist ja heller Sonnenschein.“

„Das macht nichts! Ich habe doch mit dir soviel zu tun, aber ich tue es sehr gern, Oma, denn du bist eine so gute Oma, wie sie nur wenige Kinder haben. – Oma, erzähle mir ein Märchen. Oder soll ich dir erzählen von der Nachtigalla und der Pechsträhne?“

Frau Wagner ließ sich ruhig das Märchen erzählen. Klein-Goldköpfchen sprach leise, unterbrach sich von Zeit zu Zeit und meinte: „Wenn es Sie zu sehr anstrengt, Frau Wagner, wenn das Fieber wieder steigen sollte, hört jede Unterhaltung auf. Das dulde ich nicht!“

Frau Wagner verneinte, das Fieber käme nicht, und so wurde das Märchen zu Ende erzählt. Als Apotheker Wagner nach einiger Zeit den Kopf durch den Türspalt steckte, um nach seiner Frau zu sehen, saß Erna noch immer auf dem Stuhl neben dem Sofa und hielt die Hand der Oma in der ihren. Frau Wagner bemerkte ihren Gatten, nickte ihm zu und Erna rief:

„Sie können ohne Sorge sein, lieber Herr, der Herzschlag ist normal, und auch der Blinddarm tut nicht weh. Die Kranke wird bald aufstehen können.“

„Dann ist ja alles gut“, sagte der Großvater, nur mit Mühe ernst bleibend. „Wie steht es aber mit der Lungentätigkeit?“

„Die Lunge schmerzt auch nicht mehr“, sagte die Krankenschwester, „es ist alles wieder in Ordnung. Ich habe auch keine Anschwellungen bemerkt. Nur fürchte ich, daß sich die Krankheit am Montag wiederholen könnte. Wir müssen sehr vorsichtig sein.“

Frau Wagner hatte sich aufgerichtet und die Decke zurückgeschlagen. „Jetzt werde ich deinen Kittel fertig nähen –“

„Nein, Oma“, wehrte die Kleine entsetzt, „du bist jetzt eine alte leidende Frau! Es tut mir ja furchtbar leid, daß sich das Lama sein Fell so sehr zerrissen hat. Aber die wilden Stämme haben mich mächtig gezerrt. – Oma, ich nähe das allein, sonst wirst du wieder weiß im Gesicht, und du sollst doch gesund sein.“

„Du wirst was Nettes nähen.“

„Aber Oma, ich kann doch nähen! Ich habe meiner Irene auch schon einen Kittel genäht und der Martha eine Schürze und der Trude eine Mütze. Alle meine Puppenkinder werden von mir benäht!“

Klein-Goldköpfchen nahm auch tatsächlich die Nadel zur Hand, um an ihrem Lamakleide zu arbeiten. Sie stellte sich nicht ungeschickt an, allerdings wurde der Ärmel nicht gerade so sauber eingesetzt, wie die Großmama es angefangen hatte.

„Laß nur“, wehrte Erna, „wenn das Lama ein Loch im Fell hat, schadet das nichts. – Biste nun wieder ganz gesund, liebe Oma? Dürfen wir nun wieder auf der Robinsoninsel Krach machen?“

„Ja, das dürft ihr.“

„Gute, liebe Oma – –“ Erna wollte davonlaufen, da hielt sie der Großvater zurück. „Erst die Serviette abbinden, sonst zerreißt ihr sie, wie ihr das schöne Tuch zerrissen habt, das ich für das Zelt gab.“

„Hier haste die Serviette. Jetzt bin ich wieder das Lama und keine Krankenschwester.“ Erna war wieder in ihren Kittel geschlüpft und sprang davon.

Am Donnerstag nachmittag war im Garten der Apotheke eine große Abschiedsfeier. Morgen reisten die Enkel des Kapitäns Korber ab; so hatten Wagners nochmals alle Spielkameraden und -kameradinnen zusammengerufen, um sie mit Schokolade und Pfannkuchen zu bewirten. Sie waren alle gekommen. Doch der Tisch im Garten gefiel den Kindern nicht, sie ließen mit Bitten nicht eher nach, als bis die Stühle auf der Robinsoninsel standen, um dort den Abschied zu feiern.

Es ging noch recht lustig zu. Die Kinder versprachen hoch und heilig, im nächsten Sommer wieder nach Robinsons Eiland zu kommen, um das abgebrochene Spiel fortzusetzen.

„Ich bringe mir eine Negerlarve mit“, sagte Freitag, „dann bin ich ein richtiger Freitag.“

„Und wir haben im nächsten Jahre richtige Indianeranzüge“, schrien die wilden Stämme.

„Wir könnten unser Eiland doch so lassen, wie es ist“, schlug Robinson vor. „Ich verstehe nicht, Herr Wagner, warum wir nachher alles zerstören sollen. Ich finde, es ist ein Schmuck für Ihren Garten.“

„Was – das hier ein Schmuck?“ rief der alte Herr lachend. „Die Kisten und Bretter im Wasserbecken ein Schmuck, der ausgehobene Graben darum und das gräßliche Gestrüpp davor? Nachher wird abgerüstet, meine Lieben, und alles fortgeräumt. Den Graben schippt ihr zu, die Stangen und das Gestrüpp tragt ihr hinten in den Garten, die Kisten und alle die Lumpen, die ihr zusammengetragen habt, kommen wieder an Ort und Stelle.“

„Ja – ja – ja –“ tönte es im Chor, „das machen wir alles, aber erst wollen wir noch einmal spielen.“

Die Kinder spielten noch einmal Robinson. Es gab bei den wilden Stämmen zwei Hochzeiten. Die Häuptlinge ließen sich mit ihren Frauen trauen. Dann lagen die Gardinenfetzen, mit denen sich die beiden Bräute geschmückt hatten, neben anderen Lumpen im Garten umher.

Die Flaschen mit dem Himbeer-, Zitronen- und Kirschwasser wurden leergetrunken und achtlos auf den Rasen geworfen. Das Zelt rüsteten Max und Moritz ab, um es heimzunehmen, aber alles das, was in dem Zelt gewesen war, kleine Kisten als Sitzgelegenheiten, alte Töpfe, Blechdeckel und dergleichen mehr, blieb einfach liegen. Und als es endlich hieß, es sei Zeit zum Abendessen, man müsse sich trennen, gab es zwischen den Kindern noch rasch einen herzlichen Abschied. Dann krochen Robinson und Freitag durch das Loch in der Hecke, Max und Moritz begaben sich heim und ebenso die beiden Mädchen.

Klein-Goldköpfchen kam in letzter Minute zum Abendessen.

„Habt ihr alles gut aufgeräumt?“ fragte der Großvater. „Du siehst sehr erhitzt aus, Kleinchen. Ich glaube, das Fortpacken hat viel Mühe gemacht.“

Erna sagte kein Wort. Erst jetzt fiel ihr wieder ein, daß man von den Kindern verlangt hatte, sie sollten die Spielplätze wieder in Ordnung bringen. Da wollte sie nach dem Abendessen mit Baldrian sprechen, damit er die Kisten und die umherliegenden Lumpen fortbringe.

Aber Adrian hatte heute Ausgang und war nicht zu finden. Klein-Goldköpfchen tröstete sich mit dem Gedanken, daß sie bis zum Montag noch viel Zeit habe. Sie würde sich die beiden Freundinnen und Max und Moritz, die nicht fortzureisen brauchten, herüberholen. Gleich morgen sollte mit der Arbeit begonnen werden.

Aber Max und Moritz lehnten energisch ab. Sie meinten, das Aufräumen mache keinen Spaß, sie hätten heute was anderes vor. Ebenso erklärte Suse, die Eltern bekämen Besuch, so könne sie nicht kommen. Helga Petermann sagte, zum Aufräumen wären die wilden Stämme da. Kleine Mädchen brauchten das nicht zu tun.

„Nun – ist alles fortgeräumt?“ fragte der Großvater am Freitag vormittag, als er Erna im Hofe traf, die mit ihren Puppen spielte.

„Noch nicht, Opa, die wilden Stämme wollen nicht.“

„Wer soll denn die Arbeit machen? Wer hat all das Zeug herangeschleppt?“

„Na, Opa, – dann komm. Ich werde es tun. Ach, es ist ja immer so im Leben, daß die Männer die Freude haben und die Frauen die Arbeit machen müssen. – Ach, wir Frauen sind doch zu beklagen!“

Gemeinsam mit Großvater ging man nach dem Garten. Hier sah es wüst aus. Da hatte man bestimmt den ganzen Nachmittag zu tun, um alles wieder in Ordnung zu bringen. Wagner rief seinen Hausdiener, damit er zunächst den Graben zuschippe und die Kisten fortbringe. Er selbst machte sich daran, den Zaun niederzulegen. Klein-Goldköpfchen mußte die alten Töpfe, Decken und Kissen zusammentragen, damit nicht alles im Garten verstreut umherlag.

„Opa, – wir haben aber zu tun! Wir werden so viel arbeiten, daß wir am Montag krank sind, und dann kann ich nicht fortfahren.“

Auch der Großvater wischte sich gar bald die Schweißtropfen von der Stirn. Die Kinder hatten so manche Stange tief ins Erdreich geschlagen, außerdem allerlei Dornengestrüpp verwendet. Es war keine leichte Arbeit, die Unordnung zu beseitigen. Sogar bis hoch hinauf in die Bäume waren Ausguckstellen angebracht worden, Bretter, die mit Stricken an die Äste gebunden waren. Adrian mußte die gewagtesten Turnübungen machen, um alles herunterzuholen.

Mitten in die Arbeit hinein kam Karla und brachte einen Brief an Herrn Wagner.

„Hier schreibt deine Mutti“, sagte sie zu Erna, „sie freut sich darauf, daß du am Montag mit Onkel Kuno kommst.“

„Was schreibt sie noch?“

Wagner nahm den Brief und las einige Stellen daraus seinem Enkelkinde vor. Auf einmal konnte er nicht weiterlesen, das Lachen saß ihm im Halse.

„Opa, was haste denn?“

„Nun höre mal gut zu, was die Mutti schreibt“, sagte er, während er erneut die Schweißtropfen von der Stirn wischte.

„Was schreibt sie?“

Der Großvater las: „Ich glaube, Erna wird Euch wenig Arbeit gemacht haben. Erna ist ein liebes, kleines Hausmütterchen, das stets Ordnung hält, alles behutsam wieder forträumt, sogar die Sachen der Geschwister in Ordnung hält. Auch Lärm macht sie nicht, sie ist die Stillste von meinem Haufen. Ich denke, Ihr werdet mit ihr zufrieden gewesen sein.“

„Warum lachste denn so sehr, Opa?“

Er wies auf die Unordnung im Garten. „Weil du so ordentlich bist und alles aufräumst, weil deine Mutti meint, daß du ein ruhiges Kind bist. Stimmt das, kleiner Irrwisch?“

Erna legte das Köpfchen auf die Seite. „Opa, wenn ich in Heidenau bin, stimmt das alles, dann bin ich das artigste Kind der Welt. Ich räume immer hinter den Lümmeln auf, aber mein Vati hat doch gesagt, wenn ich verreise, soll ich die Augen offen halten und mir alles ansehen und soll immerfort lernen. – Opa, und hier bin ich doch das Lama gewesen und gar nicht die Erna Wendelin. Und ein Lama ist doch ein wildes Tier, das spucken kann. Aber sonst, lieber Opa, hab' ich euch gar keine Mühe gemacht. Ihr wart doch sooo froh, daß ihr das kleine Goldköpfchen einmal bei euch haben konntet? Ich habe dir doch eine so schöne Zigarre geschenkt. – Opa, schreib' doch der Mutti, daß ich wiederkommen darf, weil du ohne mich nicht leben kannst."

„Und wer räumt das alles nun auf?"

„Ich!" sagte Erna, bückte sich und lud eine Kiste auf den Rücken. „Du kannst ruhig schlafen gehen, Opa, ich mach' das alles allein fort. – Baldrian, du hilfst mir doch?"

Und Baldrian nickte verstohlen.

Aber Großpapa Wagner arbeitete doch weiter mit, sonst wäre der Garten nicht so rasch wieder in Ordnung gekommen. Was hatten die Kinder nicht alles zusammengetragen! Schließlich hatte das Spielen viel Spaß bereitet, und Großvater Wagner freute sich selbst darüber, daß es seinem kleinen Liebling in Dillstadt so gut gefallen hatte.

Das Lama kehrt heim

„Was soll die Kiste?" fragte Kuno Wagner seinen Hausdiener Adrian, der eine größere Kiste in den Gepäckraum des vor der Tür stehenden Autos schob.

„Die gehört dem kleinen Goldköpfchen. Ich soll sie ins Auto bringen."

Kuno Wagner nahm den Deckel ab und schaute hinein. Er schüttelte den Kopf. Da lagen bunt durcheinander viele alte Flaschen, Blechschachteln und Blechröhren, Prospekte von Firmen, alte Kartons, Flickflecken aller Art, eine kleine Kaffeekanne mit abgeschlagenem Henkel, ein geplatztes Luftkissen und anderes. Alles hatte Erna anscheinend sorgsam zusammengetragen, um es mitzunehmen. Sollte er der Kleinen die Freude an diesem Kram nehmen? Es machte keine

Schwierigkeiten, die Kiste im Auto mitzunehmen. Und da Kuno zuerst doch nach Heidenau fuhr, konnte das merkwürdige Gepäckstück mitgehen.

Klein-Goldköpfchen war noch oben im Zimmer bei den Großeltern. Ihre Augen standen voller Tränen.

„Es ist sooo schön hier. Ich wäre so gerne geblieben."

„Du kommst wieder", tröstete die Großmutter.

„Das ist noch sooo lange. Ich wollte, die Ferien hätten nie ein Ende."

„Hier ist noch ein süßes Päckchen für die Reise", sagte Tante Karla und händigte dem Kinde eine Tafel Schokolade ein. „Damit das Lama unterwegs nicht verhungert."

Für einige Augenblicke versiegten die Tränen. „Vom Opa hab' ich Schokolade, vom Adrian auch, von Rosine auch, die Helga hat mir auch ein Kästchen gebracht und die Suse Bonbons."

„Und von mir hast du ein Robinsonbuch", sagte der Großvater. „Da kannst du daheim nachlesen, wie es dem Robinson auf seiner Insel gegangen ist. Auch deine Brüder werden Freude an dem Buch haben."

„Wenn ich es dann nicht mehr mag, schenk' ich es dem ganzen Haufen. Oh, ich bringe ihnen allen soviel Schönes mit."

„Was denn? Hast du für deine Geschwister auch so schöne Sachen gekauft wie für uns?"

„Ich hab' nichts gekauft. Aber ich hab' hier soviel Schönes gefunden. Ich hab' eine ganze Kiste voll schöner Sachen."

„Was hast du?"

Erna nickte geheimnisvoll. „Eine ganze große Kiste voll. Oh, die werden sich aber freuen! So was Schönes haben wir in Heidenau nicht."

„Wo ist denn die Kiste?"

„Die versteckt der Adrian im Auto. Aber du darfst es dem Onkel Kuno nicht sagen. Sonst meint er, das ist für das Auto zu schwer, und dann darf ich alle die schönen Sachen nicht mitnehmen."

„Da du soviel Schokolade bekommen hast, wirst du hoffentlich deinen Brüdern und Schwestern auch davon etwas abgeben?"

„Wenn sie artig sind, kriegen sie was zur Belohnung. Weißt du, Opa, ich muß doch die kleinen Kinder erziehen, denn die Mutti hat soviel anderes zu tun. Auf mich hören sie schon! Und wenn sie mal gar zu ungezogen sind, dann winke ich mit einem Stück Schokolade. Dann klappt es. Darum muß ich auch die Schokolade sehr gut aufheben."

„Hörst du? Onkel Kuno tutet unten schon ganz ungeduldig. Nun müssen wir hinunter."

Wieder kamen Erna die Tränen. „Ich wäre noch so gerne hiergeblieben."

Apotheker Wagner nahm sein Enkelkind an der Hand und führte es die Treppe hinab. Vor dem Hause stand das Auto. Neben dem Auto aber standen Max und Moritz, Suse Arbert und Helga Petermann. Alle wollten ihrer kleinen Gespielin noch einmal Lebewohl sagen.

Max und Moritz überreichten ein Päckchen. „Damit das Lama unterwegs was zu fressen hat. Keks und Schokolade. Ganz was Feines."

„Oh, jetzt habe ich aber einen Haufen Süßes. Das ist fein."

Kuno drängte zur Abfahrt. Er hielt es für das richtigste, daß man möglichst schnell losfuhr, damit der Trennungsschmerz für das kleine Mädchen nicht zu groß wurde.

„Du darfst hier vorne neben mir sitzen. Gleich geht es los. So, nun steige ein."

„Adrian, Baldrian – ich – ich hab' noch was zu fragen, das darf aber keiner hören. Ich muß noch mal raus."

Klein-Goldköpfchen kletterte aus dem Wagen, eilte auf den Hausdiener zu und flüsterte ihm eine Frage ins Ohr. Adrian nickte.

„Ja, ja, die Kiste steht hinten im Auto."

„Sind auch alle schönen Sachen drin?“

„Ja, alle!“

„Na, dann ist es gut, da kann ich wieder einsteigen.“

Sie kletterte ins Auto, aber als Kuno die Tür schließen wollte, rief sie laut: „Halt, ich hab' noch was vergessen.“

Wieder war sie draußen, warf sich an den Hals der Großmutter und schluchzte. „Kann ich bald wiederkommen?“

„Ja, ja.“

Dann kamen der Opa und Tante Karla an die Reihe. Schließlich wurde noch einmal herzlicher Abschied von den Spielgefährten genommen.

„Jetzt komm“, rief Onkel Kuno streng. „Wir müssen fort.“

Die Tür schlug zu. Der Motor brummte. „Ich – wäre – so gerne noch bei euch geblieben –“

Das war das letzte, was man von Klein-Goldköpfchen hörte. Ein lebhaftes Winken, dann bog der Wagen um die nächste Ecke und war den Blicken der Zurückbleibenden entschwunden.

Zuerst rannen immer wieder neue Tränen über das Gesicht des Kindes. Aber Onkel Kuno machte allerlei Späße, und so überwand Erna bald ihr großes Leid. Es gab doch viel Neues und Schönes zu sehen. Außerdem kam langsam die Freude zum Durchbruch, noch heute die geliebte Mutti, den Vater und die Geschwister wiederzusehen.

„Oh, ich habe die Mutti solange nicht gehabt. Ob sie sich freut, daß ich endlich heimkomme?“

„Freilich freut sie sich. Und die andern freuen sich auch. Du hast doch schon aus den Briefen herausgelesen, daß sie dich wiederhaben möchten.“

„Na ja, sie werden nicht gut ohne mich fertig. Ich muß sie doch erziehen.“

Nach zwei Stunden wurde in einer Ortschaft haltgemacht. „Jetzt wird Mittag gegessen“, sagte Kuno. „Das Lama darf doch nicht verhungern.“

„Wenn ich nach Heidenau komme, bin ich aber kein Lama mehr. Dort will ich nur Klein-Goldköpfchen sein. Weil meine Mutti das große Goldköpfchen ist. Da werden mich alle Leute liebhaben, weil doch alle Leute auch das große Goldköpfchen so liebhaben."

„Dann mußt du aber auch so brav und tüchtig sein wie das große Goldköpfchen."

„Ja, Onkel Kuno. In Heidenau bin ich wieder brav und tüchtig. Oh, was tue ich dort alles! Wenn du ein Weilchen bei uns bist, wirst du es sehen."

Das Mittagessen in einem Gasthaus gefiel Erna außerordentlich gut. Es machte großen Eindruck auf das Kind, daß ein Kellner kam und alles, was man brauchte, anbrachte. Erna hatte sogar selbst aussuchen dürfen, was sie essen wollte. Fleisch und Gemüse waren ihr ganz gleichgültig, aber der Schokoladenpudding mit der Vanillentunke erregte ihre größte Freude.

„Sind wir nun bald da? Ich habe doch solche Sehnsucht nach der Mutti, dem Vati und dem Haufen. Weißt du, Onkel Kuno, bei euch war es ja sehr schön, aber bei uns in Heidenau ist es doch noch viel schöner."

„Dort ist aber keine Robinsoninsel."

„Das macht nichts. Dort ist aber meine Mutti."

So schien der Abschiedsschmerz bereits überwunden zu sein, weil die Freude des Wiedersehens winkte.

Man war wieder eingestiegen und fuhr weiter. Immer wieder richtete Erna an den Onkel die Frage, ob man nicht bald daheim wäre.

„Ich kann schon gar nicht mehr still sitzen. Ich halt' es schon gar nicht mehr aus. Ich habe schon Herzschmerzen vor Freude, und mein Blinddarm läßt mir auch keine Ruhe mehr."

Kuno wies auf den im Wagen eingebauten Kilometerzähler. „Jetzt paß hübsch auf. Du wirst schon gesehen haben, daß die Zahlen hier immer weiter gehen. Von Zeit zu Zeit fällt eine neue Zahl herab. So werden die Kilometer gezählt, die wir zurücklegen. Wenn die hinteren drei Zahlen auf vierhundert stehen, dann sind wir wahrscheinlich daheim."

Von nun an ruhten Ernas Augen dauernd auf dem Zähler. „Fahre doch recht fix, damit die Zahlen rascher herunterpurzeln, damit es bald vierhundert ist.“

Nach Verlauf von einer Stunde sagte Kuno: „So, nun sind es noch etwa fünfzig Kilometer, dann sind wir da.“

Aber diese letzten fünfzig Kilometer wurden Erna gewaltig lang. Als der Onkel fragte, ob man noch irgendwo anhalten wolle, ob Erna vielleicht ein Glas Milch haben möchte, schüttelte das Kind heftig den Kopf.

„Machen wir lieber, daß wir endlich heimkommen. Milch bekomme ich auch von der Mutti. Sie wartet auf uns. Oh, sie wird schon Sorge haben, weil wir gar nicht kommen.“

Endlich kam man in Ortschaften, die Erna bereits kannte. Kleine Dörfer, die in der Nähe von Heidenau lagen.

„Bald sind wir daheim. Ich platze auch schon fast vor Sehnsucht. Fahr' recht schnell.“

Im Doktorgarten in Heidenau saß zur selben Stunde Goldköpfchen mit den Kindern am Kaffeetisch. Soeben hatte sich auch Doktor Kirschner eingefunden. Ihm blieb noch bis zur Sprechstunde eine kurze Pause, die er mit den Seinen verbringen wollte.

Auch Hermann war von seiner kleinen Reise längst zurückgekehrt, nur Erna fehlte noch, die man aber heute erwartete.

„Es wird auch wahrhaftig Zeit, daß sie endlich wiederkommt“, sagte Stefan unmutig. „Sie läßt hier alles im Stich und lebt nur der Freude.“

„Wenn sie nur erst hier wäre“, seufzte Fritz. „Dann können wir wieder so schön unsere Sachen rumschmeißen. Sie räumt immer hinter uns her.“

„Nun muß ich auch mal bald verreisen“, meinte Jürgen. „Die beiden Fipse sind weg gewesen, der Hermann, die Erna, nun komme ich an die Reihe.“

„Hast du nicht mit uns schöne Ausflüge nach Schandau und der Bastei gemacht?“

„Freilich, Väti, aber das war doch keine so lange Reise, wie sie die andern machten. Die Fipse waren viele Wochen weg."

„Sei froh und dankbar, daß du so ein gesunder Kerl bist und keine Erholungsreise brauchst."

„Ach, Väti, manchmal brauch' ich aber doch eine Erholungsreise."

„Du wirst noch genug von der Welt sehen, wenn es Zeit ist."

„Wann kommt denn die Erna nun eigentlich", seufzte Marlene. „Solange ist sie fort."

„Heute kommt sie!"

„Ach, Mutti, ob sie auch wieder mit uns spielt? Vielleicht ist sie inzwischen so groß geworden, daß sie gar nicht mehr mit uns spielt!"

„Doch", rief Jürgen stürmisch. „Wir spielen jetzt auch hier Robinson. Der Opa hat geschrieben, wie schön das war. Wir wollen auch eine Insel."

„Weil wir so eine große Familie sind, können wir fein Robinson spielen", rief Stefan. „Ich bin der Freitag. Ich hole alles, was wir brauchen, heran. Wenn die Erna nur erst hier wäre."

Plötzlich hörte man vom großen Einfahrtstore her lautes Hupen. Obwohl es nichts Seltenes war, daß ein Auto kam, fuhren die Kinder doch blitzartig hoch.

„Sie kommt!"

„Das ist Onkel Kuno!"

„Erna ist da!"

Vom Kaffeetisch stürmten sie dem Wagen entgegen, Goldköpfchen hörte wenige Sekunden später ein lautes Freudengeheul. Da wußte auch sie, daß Onkel Kuno ihr Töchterchen zurückbrachte.

„Da dürfen wir nicht fehlen", lächelte Doktor Kirschner. „Nun hast du wieder alle beieinander."

Erna, die von den Geschwistern umringt war, löste sich aus dem Haufen, als sie die Mutter erblickte, und eilte mit ausgebreiteten Armen auf sie zu.

„O Mutti, Muttilein, ich bin wieder bei dir!" Das Umarmen wollte gar kein Ende nehmen.

„Mich siehst du wohl gar nicht?" fragte der Vater.

„Freilich sehe ich dich. Jetzt kommst du an die Reihe! Aber die Damen kommen doch immer zuerst." Dann hing das Mädchen auch am Halse des Vaters und küßte ihn stürmisch.

„Pui – pui – pui", tönte es laut lachend dem Vater entgegen.

„Nanu? Was ist denn das für eine merkwürdige Begrüßung?" fragte der Vater betroffen.

„Pui – pui – ich bin das Lama. Das spuckt! Pui – pui!"

Die Geschwister brachen in dröhnendes Lachen aus und wiederholten: „Pui – pui – pui!"

„Oh, es war so schön bei den Großeltern, aber hier ist es auch so schön! Ich bin so froh, daß ich wieder bei euch bin."

„Wir spielen auch Robinson!"

„Ich bin der Robinson!"

„Hat uns der Opa nicht was mitgeschickt?"

So schwirrten die Fragen durcheinander. Alle Geschwister umdrängten Erna, während die Eltern Kuno begrüßten.

Klein-Goldköpfchen aber fühlte sich sehr stolz. Sie merkte, daß sich jedermann freute, sie wieder hier zu haben. Es machte sie auch froh, zu hören, daß man sie vermißt hatte.

„Wenn du auch wie ein Polizist bist", meinte Jürgen, „und immer aufpaßt, so ist es doch schöner, wenn du wieder da bist."

„Oh, ich hab' euch was Feines mitgebracht. So was haben wir hier gar nicht. Das hab' ich alles aus der Apotheke."

„Was hast du denn? Zeig her?"

„Das hab' ich in der großen Kiste im Auto!"

„Wir wollen die Kiste holen."

Zuerst mußte Onkel Kuno begrüßt werden, doch dann verlangte der Kinderhaufe, daß der Onkel die Kiste aus dem Wagen hole.

„Laßt doch den Onkel erst mal zur Ruhe kommen!"

„Bitte, Onkel Kuno, schlepp die Kiste aus dem Wagen."

Man ließ ihm nicht eher Ruhe, als bis die Kiste mitten auf dem Rasenplatz im Garten stand. Nun wühlte man in den Schätzen herum. Jeder fand etwas, was ihm ganz besonders herrlich dünkte.

„Das brauchen wir alles", schrie Stefan. Er stopfte sich die Taschen mit Flaschen, Büchsen, Nägeln und anderen Dingen voll.

Es dauerte ein ganzes Weilchen, bis die Ordnung bei Kirschners ein klein wenig wiederhergestellt war. Goldköpfchen rief energisch zurück zum Kaffeetisch.

„Onkel Kuno ist durstig! Erna kann euch bei Tisch erzählen, was sie alles erlebt hat."

„Ja, da hat sie viel zu erzählen", sagte Onkel Kuno. „In Dillstadt ist mancherlei geschehen!"

„Oh, erzähle!"

„Ich hoffe", sagte Goldköpfchen und blickte ihre Tochter forschend an, „daß Erna euch nicht zuviel Mühe machte und ein artiges Kind gewesen ist."

„Ach, Mutti", sagte das kleine Mädchen und schmiegte sich zärtlich an die Mutter. „Ein artiges Mädchen bin ich hier. Aber wenn man in den Ferien ist, da ist das anders. Ich war doch das Lama!"

„Erzähle von dem Lama!" drängten die Geschwister.

„Sieh mal, Mutti", fuhr Erna fort. „Jetzt habe ich wieder meine Pflichten hier! Aber in Dillstadt hatte ich keine Pflichten, nur Freude. Und die Augen sollte ich doch auch aufmachen. Aber nun bin ich wieder da. Weißt du, Mutti, frag' jetzt nicht nach meinen Freuden in Dillstadt. Das erzähle ich dir mal alles später."

„Das scheinen ja merkwürdige Freuden gewesen zu sein!"

„Manchmal ging es ein bißchen schief. Aber dann ist es doch wieder geworden. Ich habe auch alle wieder versöhnt. Ich hab' allen was geschenkt. Ach Mutti, ich bin ja froh, daß ich wieder da bin."

„Du scheinst mir allerlei angerichtet zu haben", scherzte der Vater. „War es sehr schlimm?"

„Sie war ein Lama", schrie Stefan. „Und ein Lama ist ein freches Tier! Ich krieg's schon raus, was du alles angezettelt hast. Aber dann laß ich mir von dir nichts mehr sagen."

„Ich kenn' einen Spruch", sagte Erna rasch, „den sollst du dir merken. Ich will ihn dir sagen:

Zwei Augen hab' ich, um alles zu sehen,
Zwei Füße, um überall hinzugehen,
Doch nur eine einzige Nase auch,
Die ich nicht in alles zu stecken brauch'!
Pui – pui – pui!"

„Bravo", rief Kuno. „Du hast den Spruch nicht vergessen, Jungfer Allwissend!"

„Erzähle, was hat sie denn alles gemacht", drängten die Geschwister.

Aber Onkel Kuno schüttelte den Kopf. „Wir waren mit ihr zufrieden. Ich hoffe, daß das Lama nun, da es sich in den Ferien tüchtig ausgetobt hat, daheim recht artig ist. Dann darf das Lama auch mal wiederkommen."

„Wir kommen alle", rief die Schar stürmisch.

Während des Kaffeetrinkens wußte Erna allerlei zu berichten. Von ihrem großen Schmerz, als ihr ein Fremder das Geld aus dem roten Täschchen nahm, von den vielen Freunden und Freundinnen, die sie in Dillstadt gefunden hatte, vom Hexenmeister.

„Ich kann zaubern. Ihr werdet sehen, ich hexe euch viel Geld her!“

Schweigend drohte Kuno mit dem Finger. Da erinnerte sich Erna des kleinen Unfalls, den sie durch ihr Hexen hervorgerufen hatte, und wurde ganz still. –

Am nächsten Tage reiste Onkel Kuno wieder ab; er mußte zur Apothekertagung und konnte nicht länger in Heidenau bleiben. Da noch Ferien waren, hatten die Geschwister alle Zeit, um stündlich um Erna zu sein. Man wollte durchaus Robinson spielen und begann auch bereits mit den Vorbereitungen.

„Du kannst auch bei uns das Lama sein“, sagte Jürgen. „Wir wollen doch, daß es dir hier bei uns gefällt.“

Sie streichelte zärtlich die Wangen, des Bruders. „Oh, es gefällt mir ja bei euch. Ich habe euch alle so furchtbar gern. Ihr seid doch meine lieben, kleinen Kinder, für die ich sorgen muß, denn die Mutti kann das nicht allein. Jetzt werde ich euch schon wieder in Ordnung halten. Jetzt beginnen meine Pflichten.“

Das kleine Mädchen hielt Wort. Die Eltern hatten ihr erlaubt, eine so schöne Ferienreise zu machen, nun mußte Erna aber wieder das tüchtige Hausmütterchen sein.

„Ich helfe dir jetzt wieder“, sagte Klein-Goldköpfchen zur Mutter. „Weißt du, was der schöne Spruch sagt? Ich habe zwei Hände, die ich fleißig rühren muß. Und wenn ich schon jetzt meine Hände fleißig rühre, dann kann ich das noch besser, wenn ich erst groß bin. Und dann wird aus dem kleinen Goldköpfchen mal so ein liebes, gutes großes Goldköpfchen, wie du es bist.“